# LES HÉRITIERS D'AMBROSIUS

DU MÊME AUTEUR

*Le Peuple des profondeurs*, Les Éditions du Trécarré, 2006.
*Délit de fuite*, Dramaturges Éditeurs, 2002.
*L'humoriste*, Dramaturges Éditeurs, 1999.
*La nuit où il s'est mis à chanter*, Dramaturges Éditeurs, 1998.
*Les aut'mots*, Dramaturges Éditeurs, collectif « 38 I », 1996.

À PARAÎTRE

*Le cri du chaman*
*Les catacombes du Stade olympique*

Claude Champagne

# LES HÉRITIERS D'AMBROSIUS

## Les démons de la Grande Bibliothèque

**Catalogage avant publication de Bibliothèque et Archives Canada**

Champagne, Claude, 1966-

Les héritiers d'Ambrosius
Éd. rev.

Sommaire : t. 1. Le peuple des profondeurs – t. 2. Les démons de la grande bibliothèque.
Pour les jeunes de 10 ans et plus.

ISBN-13 : 978-2-89568-324-7 (v. 1)
ISBN-13 : 978-2-89568-313-1 (v. 2)
ISBN-10 : 2-89568-324-7 (v. 1)
ISBN-10 : 2-89568-313-1 (v. 2)

I. Titre. II. Titre : Le peuple des profondeurs. III. Titre : Les démons de la grande bibliothèque.

PS8555.H355H47 2006 jC843'.54 C2006-941390-8
PS9555.H355H47 2006

Les personnages mentionnés dans ce livre sont entièrement fictifs. Toute ressemblance avec des personnes ou noms réels n'est que pure coïncidence.

Remerciements

Les Éditions du Trécarré reconnaissent l'aide financière du gouvernement du Canada par l'entremise du Programme d'aide au développement de l'industrie de l'édition (PADIÉ) pour ses activités d'édition. Nous remercions le Conseil des Arts du Canada et la Société de développement des entreprises culturelles du Québec (SODEC) du soutien accordé à notre programme de publication. Gouvernement du Québec – Programme de crédit d'impôt pour l'édition de livres – gestion SODEC.



Couverture et conception graphique :
Losmoz

Illustration de la couverture :
Sylvain Lorgeou

Mise en pages :
Luc Jacques



ISBN-13 : 978-2-89568-313-1
ISBN-10 : 2-89568-313-1

Dépôt légal – Bibliothèque et Archives nationales du Québec, 2006

Imprimé au Canada

Éditions du Trécarré
7, chemin Bates, Outremont (Québec) H2V 4V7 Canada
Tél. : 514 849-5259

Distribution au Canada
Messageries ADP
2315, rue de la Province
Longueuil (Québec) J4G 1G4
Téléphone : 450 640-1234
Sans frais : 1 800 771-3022

# Remerciements

Un livre ne se fait pas tout seul. Il y a toute une équipe derrière. Je tiens à remercier Martin Balthazar pour son appui inconditionnel; Julie Simard pour ses judicieux conseils et son travail acharné; Julie Lalancette et Pascale Jeanpierre pour leur aide précieuse et leur souci du détail; Sylvain Lorgeou pour sa magnifique illustration.

*Le moine tibétain pointa sa main en direction d'un grand jardin au centre duquel s'étendait un vaste bassin d'eau. De chaque côté de cette étendue de verdure se trouvaient des bâtiments de pierres lisses et blanches dont les façades étaient agrémentées de colonnes.*

*— C'est là que sont conservés plus de cinq cent mille rouleaux, ce qui équivaut à trente mille œuvres complètes. Tout le savoir de l'humanité de cette époque est contenu dans la grande bibliothèque d'Alexandrie. Mon travail consistait à copier les divers ouvrages que nous recueillions chaque jour. La plupart des peuples de la Terre envoyaient de leur plein gré tout ce qui avait pu s'écrire à l'intérieur de leurs frontières. Quand des bateaux accostaient au port, nous confisquions tous les livres à bord, les recopiions et leur redonnions ensuite. Mais ce que vous avez devant vous était bien plus qu'une simple bibliothèque, aussi grandiose fût-elle. À l'origine, c'était un musée, un temple destiné aux Muses. Le roi Ptolémée fit construire un observatoire, des laboratoires, un réfectoire, un zoo et une bibliothèque. Pour Ptolémée, la bibliothèque constituait surtout une solide base culturelle pour ce tout*

*nouveau royaume : elle représentait une occasion de faire de l'Égypte le centre culturel méditerranéen. La bibliothèque est devenue un outil indispensable pour les savants et les penseurs. On compte en moyenne cent lettrés dans les murs du musée. Le prestige acquis par la bibliothèque est si grand que l'on peut dire que c'est là que se sont faites les grandes découvertes pendant de nombreuses années, voire des siècles.*

*— Est-ce qu'on peut jeter un coup d'œil à l'intérieur? demanda le jeune homme qui accompagnait le moine.*

*— Oui, bien sûr.*

*— Il faudra bien que tu nous racontes comment toute cette histoire de malédiction a commencé.*

# 1

# Un homme à la fenêtre

— J'ai fait un cauchemar étrange.

La bande des quatre traînait le pas derrière le groupe. Les élèves descendaient la côte de la rue Berri menant à la Grande Bibliothèque. Leur professeure, madame Gauthier, voulait leur faire admirer l'architecture moderne de ce monument tout vitré. Disposées en plusieurs rangées horizontales, des lamelles de verre recouvraient tout le tour de l'édifice métallique. Au soleil, elles prenaient un ton vert-de-gris, comme du cuivre ayant subi les outrages du temps. Ce mélange de matériaux donnait à ce bâtiment moderne un aspect ancien.

— Quelle sorte de rêve? demanda Andréa à son copain Charles.

— Bizarre. J'ai rêvé que j'étais un chien poursuivi par un loup-garou. Ensuite, c'était moi qui devenais le loup-garou. Vous étiez tous là aussi. Vincent tenait à bout de bras une bibliothèque remplie de livres. Miguel, grimpé sur un mur, comme d'habitude, te criait de te servir de tes pouvoirs. Alors que toi, tu ne cessais de répéter : « Je ne suis pas capable ! Je ne suis pas capable ! »

— Qu'est-ce que tu as mangé avant de te coucher ? dit Vincent en riant, entraînant son copain Miguel.

— Rien du tout. C'était… si réel. Quand je me suis réveillé, j'ai même vérifié si je n'avais pas des griffes ou des poils partout sur le visage !

Seule Andréa demeurait songeuse.

— Tu ne trouves pas ça drôle, Andréa ? demanda Miguel.

— C'est que… Moi aussi, j'ai rêvé à un loup-garou.

Depuis leur dernière aventure chez les Nomaks le mois précédent, la bande vivait de profonds changements. Non seulement avaient-ils acquis des pouvoirs, mais aussi la conviction que le monde n'était pas comme ils l'avaient d'abord supposé. Qui aurait pu croire en une tribu de mutants vivant sous la terre depuis l'ère glaciaire ? Les quatre amis ne saisissaient pas encore toute la portée de leur découverte de ce peuple mystique, gardien de la roue du temps. Une chose était certaine : grâce à leur lien d'amitié, les jeunes aventuriers avaient mérité le pouvoir de communiquer par la pensée partout et à tout moment. Le fait qu'Andréa et Charles aient tous deux vécu cette nuit précédente le même genre de rêve, ils ne pouvaient plus mettre ça sur le compte du hasard.

— En avez-vous parlé avec Jacob ? Était-il aussi présent dans le rêve ? demanda Miguel soudain sérieux.

Andréa et Charles firent signe que non de la tête.

— Quand je suis arrivé à l'école ce matin, tout le groupe était déjà dehors, prêt à partir, et Andréa est arrivée deux secondes après moi.

— C'est vrai, déclara Andréa, confirmant les dires de son copain. De toute façon, je ne savais pas que Charles avait lui aussi rêvé à la même chose que moi. Mais là, avec tout ce qui nous est arrivé depuis un mois…

— Tu penses que ça veut sûrement dire quelque chose. Mais quoi ? Les loups-garous, ça n'existe pas. Tout le monde sait ça ! répliqua Vincent avec son incrédulité habituelle.

— Tout le monde, oui, dit doucement Andréa.

— Mais nous ne sommes plus tout à fait comme tout le monde, ajouta Charles.

Dès leur première rencontre avec Jacob, leur vie avait changé. Cet enfant handicapé qui disait être un très ancien habitant de la Terre, cette fois incarné dans un corps ne lui permettant pas d'accomplir sa mission, avait alors fait appel à la bande des quatre intrépides. Charles, le sportif accompli, les cheveux bruns toujours en bataille, avait acquis le pouvoir de lire dans les pensées. Miguel, le jeune hispanophone d'origine, pouvait maintenant imiter son héros Spiderman en grimpant aux murs avec une agilité déconcertante. Vincent, le grand frisé au visage rond, à la réputation de dur de l'école, avait vu ses forces décupler et il pouvait à présent soulever des charges énormes. Enfin, Andréa avait reçu la faculté de voir dans le noir. Ces dons leur avaient été accordés au mérite, devant chaque fois risquer leur vie pour les obtenir. Les jeunes avaient fait la promesse de ne pas les utiliser à des fins personnelles dans la vie de tous les jours, mais seulement si l'un d'eux se trouvait en danger. Et depuis un mois, aucune occasion de ce genre ne s'était heureusement présentée. Est-ce que les rêves d'Andréa et de Charles allaient se révéler annonciateurs d'une nouvelle mission ? Seul Jacob aurait pu les éclairer à ce sujet.

— Aucun d'entre nous n'avait encore communiqué en rêve, dit Charles. Ça ne veut peut-être rien dire, mais ça demeure étrange. Va falloir en parler avec Jacob.

— On ne comprend pas encore tout ce qui nous arrive, dit Andréa.

— Et personne ne contrôle tout à fait ses pouvoirs non plus, ajouta Miguel.

La discussion cessa brusquement lorsque Vincent cria : « Attention ! » Joignant le geste à la parole, il plongea sur ses camarades comme un demi défensif au football. Une lamelle de verre venait de se détacher de la structure de la Grande Bibliothèque et de s'abattre à quelques pas d'eux, se fracassant en mille morceaux. Heureusement, aucun éclat ne les avait atteints. Vincent en avait bien reçu quelques-uns dans le dos, mais sa veste de cuir l'avait protégé. En se jetant sur ses amis, il avait fait un rempart de son corps. Sortant rapidement de l'empilade, et en haussant la voix pour couvrir les cris des élèves encore sous le choc, Charles demanda à Vincent :

— Comment tu as fait pour voir la lamelle tomber et nous sauver avant qu'elle s'écrase sur nous ?

— Je ne sais pas… En fait, je ne l'ai même pas vue tomber. Je regardais l'homme là-bas, et… ça a été plus fort que moi.

— Quel homme ?

Vincent chercha du regard autour de lui. Il n'y avait que leurs camarades de classe sur le trottoir non loin qui se remettaient lentement de leurs émotions et madame Gauthier qui s'assurait que personne n'était blessé ou traumatisé.

— Je… je ne le vois plus.

— Mais voyons, c'est impossible, dit Andréa, incrédule. Il ne peut pas s'être volatilisé comme ça !

— De quoi il avait l'air ? demanda Charles.

Alors que Vincent tentait de se faire une image mentale de l'homme, madame Gauthier arriva près d'eux.

— Ça va, les enfants ? Pas de mal ?

— Non, madame, je crois que ça va, répondit Vincent.

— Tu as été bien brave. Une chance que tu as vu la lamelle de verre chuter. J'essaie de calmer les élèves, mais je suis moi-même encore ébranlée. Ça aurait pu vous tuer !

Leur professeure était une dame âgée à sa dernière année d'enseignement. La dernière chose qu'elle souhaitait était qu'un drame vienne assombrir toutes ces années de services dévoués. Ses élèves l'aimaient beaucoup, même s'ils se moquaient parfois un peu d'elle, en fait plutôt de son allure. Madame Gauthier semblait avoir oublié que les années soixante étaient depuis longtemps passées. Elle avait encore la même grosse paire de lunettes qui lui donnait cet air de regarder à travers un hublot. Ses longues jupes paysannes, ses chemises de coton délavé et ses lourds bracelets n'étaient pas particulièrement au goût du jour. C'était sa façon de rester jeune de cœur. « Tout finit par revenir à la mode », avait-elle coutume de dire à ceux qui osaient l'interroger sur son apparence. La seule mode à suivre pour une enseignante telle que madame Gauthier était l'amour qu'elle avait pour ses élèves. Alors qu'elle rejoignait le groupe, Charles reposa sa question à Vincent.

— Tu te souviens de quoi cet homme avait l'air ?

— C'est que… je l'ai vu juste un instant.

— Tu ne l'as quand même pas imaginé ?

— Désolé, je ne suis pas un artiste des portraits-robots, répondit Vincent, un brin offusqué.

Deux employés de la bibliothèque arrivant en courant sur les lieux interrompirent leur discussion : un homme chauve, corpulent, l'air balourd, parlant dans un talkie-walkie accroché au revers de sa veste, et une jeune femme toute petite, toute menue qui se hasardait à regarder le monde au-dessus de ses lunettes posées au bout de son nez. L'homme, de toute évidence un gardien de sécurité, cessa net de parler dans son talkie-walkie quand son regard se posa sur la bande des quatre. On pouvait lire dans ses yeux un certain étonnement, qui fit aussitôt place à de la suspicion, comme s'il semblait reconnaître les enfants. Mal à l'aise, la bande fit semblant de n'avoir rien remarqué et tenta de se dérober à sa vue en rejoignant le groupe. Leur manège, au contraire, attira l'attention de l'homme.

— Hé, vous autres !

Les quatre amis feignirent de ne pas comprendre qu'on s'adressait à eux. Au cri de l'agent de sécurité, plusieurs élèves se retournèrent, chacun pointant leur index sur leur poitrine, l'air de dire : « C'est à moi que vous parlez ? »

— Vous là, les quatre. Venez ici.

Impossible d'ignorer un appel aussi direct. Les jeunes s'avancèrent lentement de quelques pas en direction du gros gardien qui venait à leur rencontre.

— Pourquoi vous vous cachez ?

La question était brutale. Qui était cet homme et que leur voulait-il ? Pourquoi ces soupçons à leur égard ? Charles n'aimait pas sa façon de les observer comme s'il les connaissait depuis toujours, comme s'il voyait à travers eux. C'était une sensation étrange, voire inquiétante.

— Nous cacher, mais de quoi ? dit Charles, surpris.

— Essayez pas. Dès que vous m'avez vu, vous vous êtes éclipsés en douce en tentant de vous réfugier dans le banc de poissons.

— Le banc de poissons ? demanda Miguel en écarquillant les yeux.

— Oui, le groupe d'élèves, si vous préférez. Avez-vous quelque chose à vous reprocher ?

— À part d'avoir survécu à la chute d'une lamelle de verre, non, je vois pas, répliqua Charles un brin narquois.

— On a eu plusieurs problèmes ces derniers temps. Mes patrons veulent pas se prononcer, mais moi, et j'ai pas peur de le dire, je pense que c'est des jeunes. Je le sais, j'en ai moi-même vu trois rôder tard le soir.

— Ben nous, on est quatre, fit Andréa en souriant.

— Faites pas les malins...

— Je trouve que vous y allez un peu fort, monsieur... ? questionna Vincent en s'avançant à quelques centimètres du visage du chauve, le défiant presque.

— L'Étoile. Fernand L'Étoile, répondit le gardien, sans se démonter.

Tous retinrent un fou rire en se mordant les joues en entendant son nom de famille. Le gardien, probablement habitué aux moqueries, ne fit pas de cas de leur attitude.

— Je vous ai à l'œil, en tout cas. Vous avez été avertis.

— On passe à deux doigts de se faire tuer et tout ce que vous trouvez à faire, c'est de nous menacer ! explosa Vincent.

Pendant que les trois amis retenaient Vincent afin qu'il ne commette pas de geste regrettable, la jeune femme toute menue aux lunettes sur le bout du nez vint s'interposer avec douceur.

— Veuillez excuser monsieur L'Étoile, les enfants. Vous pouvez y aller, Fernand, je m'en occupe.

Le gardien s'éloigna en marmonnant quelques mots inaudibles et alla rejoindre une équipe qui s'affairait à poser des barrières sur le trottoir autour de l'édifice dans le but d'éviter d'autres accidents.

— Monsieur L'Étoile prend son boulot à cœur. Il est un tantinet paranoïaque, ce qui est sûrement une qualité quand on doit veiller à la sécurité, mais certainement inconvenant pour quiconque voudrait entreprendre une carrière dans les relations publiques, dit-elle en souriant. Je me présente, Claire Latour, bibliothécaire. C'est moi qui devais prendre en charge votre groupe. Mais avec les événements, vous comprendrez que la visite doit être annulée. Veuillez accepter toutes nos excuses.

Il se dégageait un charme discret de cette jeune femme en apparence timide. On l'imaginait facilement passer son temps le nez plongé dans les livres et regarder le monde seulement lorsqu'elle levait les yeux de ses bouquins. Des yeux pétillants d'ailleurs, vifs, desquels émanait une force tranquille, ce qui contrastait avec son allure frêle. Elle quitta le groupe en faisant un petit signe de la main en guise d'au revoir, et retourna à l'intérieur. C'est en la suivant du regard que Vincent s'exclama ensuite :

— Wow...

— Franchement, Vincent. Elle est trop vieille pour toi, dit Miguel avec son air taquin.

— Mais non, idiot, là, à la fenêtre de la bibliothèque, vous le voyez?

— Où ça, qui ça?

— En haut. C'est lui…

En effet, au dernier étage se trouvait un homme qui semblait les observer. Il fit d'ailleurs un geste de la main, paraissant indiquer les éclats de verre jonchant le sol.

— Qu'est-ce qu'il veut? se demandèrent en chœur Miguel et Vincent.

— Charles…

Charles comprit la demande d'Andréa. Il focalisa toute son attention sur l'étrange individu, tout en n'ayant aucune idée s'il pouvait réussir à lire dans les pensées à cette distance. Après quelques secondes de concentration, Charles demanda à Miguel s'il avait apporté son appareil photo numérique.

— Oui, pourquoi?

— Donne-le-moi, c'est tout.

Miguel s'exécuta, non sans trouver son copain un peu brusque. Mais bon, il semblait savoir ce qu'il faisait. Charles prit quelques photos des morceaux de verre sur le trottoir. Andréa lui demanda pourquoi.

— Je ne sais pas encore… Mais c'est ce que nous allons découvrir.

# 2

# Le message

La visite de la Grande Bibliothèque annulée, les élèves étaient libres de rester à l'école ou de retourner à la maison si leurs parents étaient présents. La bande des quatre obtint la permission de passer tous ensemble l'après-midi chez Vincent. Sa mère profitait d'un congé et ne voyait pas d'objection à accueillir les amis de son fils. Le grand frère de Vincent, Sébastien, n'habitait pas à la maison pendant son stage en foresterie, à l'extérieur de la ville. Les jeunes purent alors s'emparer de son ordinateur et commencer leurs recherches. Vincent prétexta à sa mère vouloir écouter avec ses amis de la musique stockée dans l'appareil en MP3. L'équipement informatique était au sous-sol, véritable temple dédié à Bruce Lee, le maître du karaté. Sous une lumière tamisée, des affiches du célèbre karatéka décoraient tous les murs, côtoyant d'autres du mythique groupe rock Led Zeppelin. C'était ici que Sébastien, un original accroché aux années soixante-dix, mettait en pratique les enseignements du karaté, au son de la guitare électrique. Il arrivait parfois qu'un ami de Vincent vienne assister aux séances d'entraînement de Sébastien, y apprenant un truc ou deux. Sa maîtrise de cet art martial les fascinait. Vincent démarra la lecture d'un morceau de musique pour ne pas éveiller les soupçons de sa mère. Charles brancha ensuite l'appareil photo numérique à la prise USB et récupéra les photos d'éclats de verre sur le trottoir.

— Si mon frère voit ça, il va me poser des questions jusqu'à demain matin. Je suis sur son radar depuis qu'on lui a « emprunté » ses bottes pour aller chez les Nomaks.

— Mais non, ne t'inquiète pas. Je vais effacer les photos quand on n'en aura plus besoin. Il se rendra compte de rien.

— Fais vite quand même, si ma mère descend…

— Oui, oui…

Charles regardait les photos à l'écran en frottant sa main gauche sur son menton, signe qu'il réfléchissait. Il leva les yeux, appuya son coude gauche sur l'accoudoir, enfonça la moitié de son visage dans sa main gauche et fixa le vide un moment. Au grand agacement de ses amis.

— Vas-tu finir par nous expliquer pourquoi tu as pris ces photos ? demanda Miguel.

— On est entre nous là, tu peux parler, ajouta Vincent.

Charles ne disait toujours rien, seul dans ses pensées. Il avait la faculté de faire fi du bruit ambiant sans difficulté pour se concentrer.

— Non mais, parle ! tonna Vincent.

Après quelques secondes, comme pour faire durer le suspense, Charles sourit.

— Pourquoi tu ne regardes pas les photos au lieu d'attendre une réponse ?

— Regarder quoi ? C'est juste des morceaux de vitre sur un trottoir.

— Vous ne trouvez pas que leur disposition est bizarre ?

Les amis de Charles se mirent finalement à observer les photos avec attention. Ils avaient beau chercher, ils ne voyaient rien d'autre que des éclats de verre disparates.

— Comme dirait Jacob, il faut regarder au-delà.

— Au-delà de quoi ? demanda Andréa, intriguée.

Elle savait que Charles ne blaguait pas, qu'il était sur une piste. Son copain voulait simplement les faire travailler. Non pas pour les narguer, mais afin que tous se sentent une partie de la solution.

— Oubliez qu'il s'agit de fragments de verre. Ce n'est pas ce qu'il faut regarder.

— Tu veux qu'on regarde quoi ? Les craques du trottoir ! ricana Vincent.

— Effectivement, répondit Charles le plus sérieusement du monde.

Et comme Charles n'ajouta rien, ses camarades le crurent. Il était comme ça, Charles. C'était souvent dans le silence qu'il s'affirmait le plus. Andréa eut alors une idée. Elle recula de quelques pas pour avoir une vue d'ensemble de la photo. Et c'est à ce moment qu'elle comprit où son ami voulait en venir.

— T'as raison, Charles. Et Vincent aussi ! Regardez les craques du trottoir, on dirait des lignes, comme sur un cahier. Les morceaux de vitre sont tous sur les lignes.

— Ben oui… remarquèrent en chœur Miguel et Vincent, médusés.

— Andréa, tu es un génie ! rigola Vincent.

— Mais on sait toujours pas ce que ça veut dire, par contre, ne put s'empêcher d'ajouter Miguel. Ni même si ça signifie quelque chose.

— Charles, tu as pris ces photos après avoir essayé de lire dans les pensées du type à la fenêtre, commença Andréa.

— Exact.

— Est-ce que c'est lui qui t'a « dit » de prendre les photos ?

— Non.

— Il t'a « dit » quelque chose ?

— Non plus.

— Pourquoi alors ?

— À vrai dire, je ne sais si j'ai pu lire dans ses pensées ou pas. Si oui, je n'ai rien compris. J'ai entendu des sons. Comme une langue étrangère. Mais ça aurait aussi très bien pu être les pensées mélangées de tous les gens qui se trouvaient à ce moment autour de lui. Je ne sais pas.

— Mais les photos, pourquoi ?

— J'ai senti une chose : l'homme voulait communiquer.

— Je pense que je commence à comprendre... dit Vincent en s'immisçant dans la conversation. L'homme était présent, je sais pas comment, mais je sais que je l'ai vu à côté des morceaux de vitre. Ensuite, il était dans la bibliothèque, complètement en haut, au dernier étage. Comment il a pu se rendre là en quelques secondes, je ne sais pas. La seule réponse, c'est qu'il n'a jamais quitté l'intérieur de la bibliothèque.

— Donc, qu'est-ce que tu aurais vu ? Son reflet ? questionna Miguel en poursuivant la réflexion de Vincent.

— Possible. En y pensant bien, il y avait une voiture stationnée juste à l'endroit où je l'ai aperçu. J'ai peut-être simplement vu son reflet, comme tu dis, dans la vitre de l'auto. Ça s'est passé si vite... Pourtant, ça m'est apparu bien réel.

Les jeunes étaient de plus en plus perplexes.

— Drôle de façon de communiquer, en tout cas, lança Vincent.

— Qu'est-ce que tu veux dire ? demanda Andréa.

— Le gars manque de nous tuer en faisant tomber une lamelle de verre sur nous ! Vous trouvez ça normal comme moyen de communication ?

— Effectivement, on a déjà vu mieux, approuva Charles, soudain songeur.

Un tas de questions se bousculaient dans la tête du garçon. Pourquoi avoir fait chuter cette lamelle de verre sur eux, fabriqué une espèce de message codé avec les éclats de verre, au lieu de simplement leur parler ? De toute évidence, il fallait que cet homme ne dispose d'aucun autre moyen de communiquer pour avoir recours à un tel stratagème. Et même là, comment pouvait-il espérer que son message soit compris ? Pourquoi tout ce secret ? Qu'est-ce qui l'empêchait de s'adresser à eux normalement ? Une idée germa dans l'esprit du jeune aventurier.

— Et si ce n'était pas nous qui étions visés par la lamelle de verre ?

Les yeux rivés sur Charles, ses amis brûlaient d'entendre la suite.

— Si c'était lui, justement, qui était visé ?

— Tu veux dire que ce n'est peut-être pas lui qui a provoqué l'accident, mais quelqu'un d'autre ? questionna Andréa.

— Quelqu'un ou… quelque chose, répondit Charles.

— Il n'était même pas sur place, c'est son reflet que j'ai vu, objecta Vincent.

— Oui, mais s'il a réussi à te faire croire qu'il était vraiment là, peut-être a-t-il aussi réussi à le faire croire à ce quelqu'un d'autre, le véritable responsable.

— Je ne suis pas certain de te suivre, répliqua Vincent à Charles.

— Si le gars nous envoie un message codé, c'est qu'il ne veut pas que ça tombe entre les mains de n'importe qui.

— Hum, ouais.

— S'il fait ça, c'est qu'il doit être en danger, continua Charles.

— Où tu veux en venir? dit Vincent, toujours dubitatif.

— OK. Admettons que, pour une raison ou pour une autre, l'homme soit prisonnier à l'intérieur de la Grande Bibliothèque. Si jamais il tentait de s'échapper…

— … on le tuerait, coupa Andréa, en commençant à comprendre.

— De même, il lui serait interdit de communiquer avec l'extérieur. D'où le message codé, poursuivit Charles.

— Désolé, mais ça n'a aucun sens, ce que vous racontez! s'esclaffa Vincent.

— Tu crois? dit Charles, sans pouvoir réprimer un sourire. Alors pourquoi les morceaux de vitre alignés sur les craques du trottoir, comme dans un cahier, forment des signes semblables à l'alphabet des Nomaks?

— Où tu vois ça, toi?

— Regarde…

Les quatre amis se penchèrent vers l'écran. Vincent, qui s'y connaissait un peu en informatique, utilisa la fonction de zoom pour grossir des détails de la photo. Les morceaux étaient alignés sur le trottoir, cela ne faisait aucun doute. Mais de là à y voir des caractères secrets ou un alphabet semblable à celui des Nomaks… Les jeunes passèrent en revue les éclats de verre qui s'étaient apparemment superposés pour former chacun un signe. Andréa agit à titre de scribe et dessina chacun des symboles le mieux possible.

αυ σεχουρσ̋
αψαντ λα νυιτ
αψαντ λα πλεινε λυνε
Τωαν δ'Αλεξανδριε

Une fois le travail de transcription terminé, Charles s'envoya les photos par courriel, afin de les conserver, puis les effaça de l'ordinateur du frère de Vincent.

— Vous y comprenez quelque chose ? demanda Andréa après que chacun eut bien observé la feuille de papier.

Personne n'avait de réponse. Au moins, les amis étaient d'accord sur une chose : ça ne ressemblait finalement pas aux signes des Nomaks.

— Qu'est-ce qu'on fait ? ajouta-t-elle.

— Maintenant qu'on a ça sur papier, qu'est-ce que vous diriez de rendre une petite visite à notre homme à la Grande Bibliothèque ? dit Charles, souriant, en sentant que l'aventure les appelait.

# 3

# Un hurlement

Le soir, la Grande Bibliothèque n'avait pas la même allure qu'en plein jour. Elle était toute illuminée de l'intérieur, l'éclairage se frayait un chemin vers l'extérieur au travers des lattes de bois placées à courte distance des grandes fenêtres de la façade. Il émanait de l'édifice une lumière tamisée. De loin, avec la pleine lune flottant juste au-dessus, la bibliothèque trônait dans le paysage urbain telle une sorte de temple de l'Antiquité éclairé au flambeau. La bande des quatre descendait la grande côte de la rue Berri, les yeux déjà rivés sur le dernier étage de la bâtisse. Ils espéraient y apercevoir leur mystérieux messager. Plusieurs silhouettes allaient et venaient, certaines s'attardaient en s'accoudant au rebord d'une fenêtre, mais aucune ne ressemblait à leur homme.

Charles consulta sa montre, il était vingt et une heures dix. Le vendredi, la bibliothèque fermait à vingt-deux heures. Cela leur donnait presque une heure pour en faire le tour, amplement suffisant, pensèrent-ils. Mais les jeunes ignoraient qu'ils auraient à parcourir trente-trois mille mètres carrés s'étendant sur six étages, incluant le sous-sol et le rez-de-chaussée, sans compter le stationnement sous l'édifice. Leur homme avait largement le choix d'une cachette.

En franchissant l'entrée au rez-de-chaussée, les quatre aventuriers furent surpris par l'affluence, malgré l'heure tardive. Il y avait de longues files de gens, les bras chargés de livres, devant plusieurs préposés à différents comptoirs. « La cohue de l'heure de fermeture qui approche », se dirent-ils. C'est Miguel le premier qui l'aperçut. Coup de coude discret à Vincent qui s'étonna.

— Hein, quoi?

— Chut…

Des yeux, Miguel lui fit signe de regarder vers la gauche.

— Où ça?

— Là-bas, au fond, en bas.

— Quoi?

— Es-tu aveugle?

Andréa et Charles, qui avaient entendu leurs murmures, repérèrent le gardien de sécurité avec qui ils avaient eu maille à partir plus tôt ce matin. Le chauve corpulent se trouvait dans la section réservée aux enfants, patrouillant autour des adolescents jouant sur les ordinateurs. D'un signe de tête, Charles indiqua à Miguel d'agripper Vincent, qui ne comprenait toujours pas ce qui se passait, et de les suivre.

— Voyons, lâche-moi, pourquoi tu me prends le bras comme ça?

— Veux-tu la fermer deux secondes, s'il te plaît, tu attires l'attention.

Vincent n'aimait pas recevoir des ordres, encore moins de son copain Miguel. Mais il obtempéra quand il remarqua les sourcils froncés de Charles. Il n'était pas rare d'assister à des disputes amicales entre Vincent et Miguel. Si on ne les arrêtait pas, leurs joutes oratoires à propos de la moindre peccadille pouvaient être interminables, bien que divertissantes. Charles entraîna le groupe à l'écart, vers l'escalier. Vincent se planta au milieu de la troupe, les bras croisés, réclamant une explication.

— Quelqu'un pourrait me dire ce qui se passe ?

— J'ai vu le gardien de sécurité de ce matin, dit Miguel.

— Et après ? Veux-tu une médaille ?

— Commencez pas vous deux, les interrompit Charles. Le gars nous connaît. Et à sa manière de s'adresser à nous ce matin, je ne pense pas que ce soit une bonne idée qu'il nous voie ici.

— On a un problème, donc, commença Andréa. Comment chercher efficacement notre homme si ce gardien est dans nos pattes ?

— Va falloir faire avec et l'éviter. Soyons prudents. Je ne sais pas pour vous, mais je n'ai vraiment pas aimé sa façon de nous regarder ce matin.

— Qu'est-ce que tu veux dire ? demanda Miguel.

— Je ne sais pas… Comme s'il nous connaissait déjà. Et en même temps, comme si ce n'était pas lui, mais quelqu'un d'autre qui nous observait à travers lui.

— Étrange… ne put s'empêcher de commenter Andréa.

— Oui, une sensation bizarre, ajouta Charles.

— Tu n'as pas songé à lire dans ses pensées ? questionna Vincent.

—- Non. C'est plutôt lui, on dirait, qui tentait de lire dans les miennes.

— Bref, soyons sur nos gardes, conclut Miguel.

Étant donné que les jeunes avaient aperçu leur mystérieux messager au dernier étage, ils gravirent les marches en tentant de masquer le plus possible leur présence aux yeux du gardien de sécurité, se servant des gens qui empruntaient l'escalier comme écran. L'ascenseur au centre de la bibliothèque aurait été plus rapide, mais comme il s'agissait d'une cage de verre, ils auraient été trop visibles. Une fois arrivée en haut, la bande décida de se séparer. Ce n'était pas une façon de faire qu'ils appréciaient, toujours unis d'habitude devant l'adversité. Mais s'ils désiraient accélérer leurs recherches tout en minimisant les risques de se faire repérer par le gardien, cette solution s'imposait. Le surveillant avait un groupe de quatre personnes en tête ; une fois séparés, les membres croyaient éviter les soupçons. Charles alla du côté de la façade avant, là où l'homme s'était d'abord manifesté. Les chances de le rencontrer là étaient peut-être meilleures. Comme Charles avait déjà établi une sorte de communication et pouvait lire dans les pensées, il était l'élément du groupe tout désigné pour établir un contact en premier. Vincent se dirigea vers le côté gauche, Miguel le côté droit, alors qu'Andréa alla fouiller du côté des bureaux, en essayant de ne pas se faire remarquer. Ils s'étaient mis d'accord pour faire tous converger leur chemin ultimement vers la façade avant, après avoir fait le tour de l'étage, rejoignant ainsi Charles.

Bien qu'à aire ouverte, le quatrième étage possédait suffisamment de recoins pour se cacher. Le dernier niveau de la bibliothèque regroupait la musique et les films. Du côté droit, Miguel voyait des mélomanes frénétiques fouiller dans les rayons à la recherche de disques compacts pour satisfaire leurs oreilles avides. Une salle d'écoute vitrée, située en plein centre, leur permettait d'assouvir leur passion. Au fond, à gauche, Vincent observa plusieurs cinéphiles assis devant des postes d'écoute multimédias, écouteurs sur les oreilles, fixant de petits écrans, bien calés dans de confortables fauteuils. Pendant que, tout autour, d'autres exploraient les étagères remplies de DVD. Andréa eut moins de chance du côté des bureaux. La seule porte y donnant accès était verrouillée. Elle fureta quand même un bout de temps aux alentours, espérant qu'un employé sortirait en vitesse, négligeant de vérifier si la porte s'était bien refermée. Manque de pot, aucun employé ne semblait travailler à cette heure-là. L'espace des bureaux paraissait désert.

Cela devait bien faire trois ou quatre fois que Charles arpentait la façade, inspectant subrepticement les visages des gens se reposant dans les fauteuils près des grandes fenêtres. Aucune trace de leur homme. Quand il vit le visage de ses amis s'approchant vers lui, venant de chaque extrémité, il sut que leur messager ne se trouvait pas sur cet étage.

— Qu'est-ce qu'on fait ? On continue, étage par étage ? demanda Andréa à la cantonade.

Personne n'eut le temps de répondre. Une main vint se poser sur l'épaule de Vincent, le faisant tressaillir.

— Tiens, tiens… Vous êtes revenus, dit une voix nasillarde au ton presquc menaçant.

Derrière eux se tenait un petit homme, pas plus grand qu'eux, le visage émacié, creusé par les années, ravagé par l'acné, avec des yeux de serpent guettant sa proie.

— Vous semblez bien étonnés... dit ce gardien de sécurité, sourire en coin. Vous vous attendiez peut-être à voir mon gros collègue chauve ? Désolé de vous décevoir.

— Qu'est-ce que vous nous voulez ? finit par demander Charles.

— Mais rien du tout... Vos parents savent que vous êtes ici si tard ?

— Ben oui...

— À leur place, je m'inquiéterais tout de même. Il se passe tellement de choses... Croyez-vous que ce serait utile de les appeler, juste pour les rassurer ?

— Non, merci, ce ne sera pas nécessaire, on s'en allait justement, dit Andréa.

— Hé bien, si vous le dites. Soyez prudents. On ne sait jamais...

Sans attendre, lentement, faisant semblant de rien, pour ne pas éveiller les soupçons, la bande descendit les escaliers jusqu'au rez-de-chaussée. Là, ils furent accueillis par l'autre gardien de sécurité. Sans rien dire, l'air triomphant, il les gratifia d'un sourire sardonique en leur envoyant subtilement la main en signe d'au revoir, alors que les jeunes quittaient les lieux et rejoignaient la rue. Se sentant toujours observée, la troupe s'éloigna des vitrines de la Grande Bibliothèque et remonta la rue Berri.

— Ouf... Pas rassurants ces deux gars-là, dit Miguel.

— C'est presque l'heure de la fermeture, observa Charles en consultant sa montre.

— Et... ?

— Je propose qu'on attende un peu, puis qu'on y retourne.

— Tu voudrais qu'on se faufile à l'intérieur avant la fermeture ? demanda Andréa, un brin étonnée.

— Les deux gardiens vont nous attendre à l'entrée, c'est sûr, répliqua Vincent.

— Non, on va aller dans le parc sur le côté. Si notre homme est dans la bibliothèque quelque part, il doit aussi se méfier des gardiens, expliqua Charles.

— Mais ils doivent sûrement y passer la nuit, objecta Miguel.

— S'ils sont là depuis ce matin, j'imagine qu'il y aura un changement de garde un moment donné. Peut-être que notre homme attend ce moment pour se manifester, comme ce matin, à une fenêtre.

— Hum, ouais… répondit Vincent, pas très convaincu, se faisant l'écho de ses camarades.

— On n'est quand même pas venus ici pour rien. On ne perd rien à essayer, trancha Charles.

Pour passer le temps, ils décidèrent de faire le tour des rues avoisinantes. Il était quand même tard, et la faune du centre-ville commençait à hanter la commerciale rue Saint-Denis, longée de bars et de restaurants. Contrairement à leur petit quartier tranquille, les jeunes n'étaient pas habitués à se heurter sur les trottoirs à des gens ivres chantant à tue-tête ou encore à se faire assaillir par de pauvres hères réclamant de la monnaie, ni à être témoins de transactions louches entre des individus encore plus louches. Passé vingt-deux heures, les quatre aventuriers rebroussèrent chemin vers le parc sur le côté nord de la Grande Bibliothèque. La pleine lune éclairait timidement les lieux de sa lumière blafarde.

Un hurlement de bête vint soudain déchirer la nuit. Un cri de souffrance. Les quatre amis étaient pris entre l'envie d'accourir pour porter secours et celle de s'enfuir.

## 4

# Les yeux rouges

D'où venait ce cri ? Cela semblait si proche et si loin à la fois. Les enfants avaient beau chercher des yeux, ils ne parvenaient pas à dire d'où pouvait provenir le hurlement. Ils avaient les oreilles tendues, dans l'attente d'une autre manifestation sonore, et leurs cœurs battaient à tout rompre. Était-ce bien sage de demeurer ici ? Dans leur tête, ils passèrent en revue la panoplie d'individus louches entrevus plus tôt sur la rue Saint-Denis. Ce cri aurait pu appartenir à l'un d'eux. Le son émis paraissait tellement guttural, les jeunes avaient de la difficulté à imaginer un être humain proférant un tel grognement de désespoir. Le plus étrange, c'est que personne autour ne semblait y porter attention. Les gens déambulaient sur le trottoir, l'air insouciant. D'autres marchaient rapidement, relevant à peine le nez devant Andréa et les garçons sur leur chemin, comme s'il s'agissait de simples obstacles à contourner. Devant tant d'indifférence, un doute s'installa dans l'esprit de Charles et de ses amis. Avaient-ils été les seuls à entendre le cri ? Étaient-ils les témoins privilégiés d'un phénomène inexplicable ?

— Qu'est-ce qu'on fait ? demanda Andréa, pas rassurée.

— Qui vote pour déguerpir ? suggéra Vincent, inquiet.

— Il faut trouver qui ou quoi a crié comme ça, déclara Charles.

— Et pourquoi donc ? répliqua Vincent, franchement étonné. J'ai pas tellement envie d'être le prochain sur la liste, et vous ?

— Si c'était notre homme qui avait lancé cet appel de détresse ? Il aurait risqué sa vie pour essayer de communiquer avec nous, et là, nous, nous l'abandonnerions à son sort ? objecta Charles.

— On n'en a quand même aucune idée... répliqua sagement Miguel.

— Donc, affaire classée. On retourne chez nous sans savoir, aucun remords de conscience, et on passe à autre chose. On oublie le mystérieux message codé et peu importe qui est en danger, nous on s'en lave les mains. C'est ça ?

— Calme-toi, Charles, je n'ai pas dit ça. Personne n'a parlé d'abandonner l'enquête. On peut très bien revenir demain.

— Dans la journée, ce serait moins risqué. De nuit, le coin est vraiment glauque, ajouta Vincent.

Charles se retourna vers Andréa.

— Et toi, qu'est-ce que tu en penses ?

— Peu importe si c'est notre homme ou non qui a crié, il faut aider cette personne. On n'est pas obligés de s'en mêler. On n'a qu'à appeler la police quand on l'aura trouvé.

— Et si le malade qui le torture est encore à sa besogne et pas encore rassasié, on fait quoi ? On prend un numéro comme chez le boucher en attendant de passer au hachoir ? s'exclama Vincent.

Ils écarquillèrent tous trois les yeux et pouffèrent d'un rire nerveux, s'imaginant Vincent transformé en saucisse. Les exagérations de leur copain dans ses moments de panique avaient souvent le don de détendre l'atmosphère, malgré lui.

— Riez tant que vous voulez, s'offusqua Vincent.

La rigolade fut de courte durée. Un nouveau hurlement transperça la nuit. Cette fois, ils en étaient sûrs, ce ne pouvait pas être humain. Le cri semblait différent et provenait de derrière la Grande Bibliothèque. Charles regarda rapidement ses camarades, cherchant leur assentiment, et s'élança dans la direction du cri. Andréa et Miguel le suivirent aussitôt. Vincent, qui ne voulait pas demeurer seul, leur emboîta le pas non sans maugréer.

Les jeunes intrépides n'eurent pas besoin d'aller bien loin. Au fond du parc, derrière un arbre, ils virent dépasser la moitié du corps d'un gros chien, un labrador, couché sur le dos, les pattes en l'air. Les chiens adoptent cette position en signe de soumission. Sur le coup, les quatre amis furent soulagés. Au moins, ils savaient maintenant que le cri n'appartenait pas à une bête fantastique, mais à un simple animal domestique. Prudence tout de même, on ne sait jamais avec les animaux. Il leur vint en tête ces histoires de chiens atteints de la rage, l'écume à la gueule. Sans oublier que les canidés sont aussi des carnivores. Mais celui-là, gémissant faiblement, ne semblait pas dangereux, mais plutôt terrorisé. Charles et Andréa avaient beau faire quelques pas de côté pour tenter de voir qui forçait le chien à agir ainsi, l'arbre le cachait à leur vue. Un peu en retrait, Miguel et Vincent estimaient en avoir assez vu.

— Malheureusement, je pense pas que les policiers vont se déplacer pour un chien, dit Miguel.

— C'est vrai ça, c'est dommage, mais on peut rien faire, je crois. On s'en va? ajouta Vincent.

— J'aime pas les gens cruels envers les animaux…

Décidé, Charles se dirigea vers le chien avec la vive intention de découvrir qui le faisait souffrir. Mais il stoppa net sa course lorsque deux bras surgirent de derrière l'arbre et s'emparèrent du chien couché par terre. Avait-il bien vu? Rapide volte-face vers ses camarades, Charles les regarda l'air de dire : « Avez-vous vu la même chose que moi? » Quelque chose lui soufflait de ne pas parler. Valait mieux ne pas se faire repérer. En même temps, l'envie le démangeait de voir à qui appartenaient les bras entrevus. Ou à quoi?… Il n'eut pas le temps de se poser la question bien longtemps. Manifestement, le chien avait échappé aux bras de son tortionnaire, on le vit courir. Et ce qui sortit de derrière l'arbre n'était pas un homme ordinaire. Velu des pieds à la tête, des griffes au bout des doigts comme aux orteils. On aurait dit un loup-garou, comme dans les films d'horreur. Sa tête se tourna vers Charles. Son regard de bête se plongea dans celui du garçon, les yeux injectés de sang. Charles était tétanisé. Son cerveau lui commandait de fuir, mais aucun muscle ne répondait à l'appel. La bête s'approcha lentement de lui. Ses camarades derrière ne savaient pas quoi faire, aussi paralysés que leur ami. Le nez de la chose, maintenant à quelques centimètres du visage de Charles, le renifla. Comme s'il cherchait à reconnaître l'odeur d'une proie. Le jeune aventurier savait, pour l'avoir vu dans des documentaires animaliers, que les prédateurs pouvaient sentir la peur. Elle dégageait une sorte de parfum qui les excitait, les poussait à tuer. Mais cette bête avait aussi les apparences d'un homme malgré les poils qui recouvraient son corps. Charles s'efforça de contrôler sa terreur. Il ne fallait pas montrer de signes de faiblesse. Puis, soudainement, l'homme-animal leva la tête, le cou tendu, les yeux vers le ciel, et poussa un hurlement. Cela aurait dû effrayer Charles. Plutôt, il sentit que ce cri était une plainte, voire un aveu, une sorte d'impuissance teintée de mélancolie. C'est aussi ce qu'il put constater un bref instant dans le regard que la bête posait maintenant sur lui. Derrière, Andréa avait sorti sa fronde et s'apprêtait à viser le monstre. Charles se retourna vivement.

— Non !

Surprise par le mouvement de Charles, la bête porta son attention sur les trois amis derrière.

— Ne tire pas !

Andréa tenait sa fronde, tendue au maximum, une bille d'acier dans son réservoir, l'homme-animal dans sa mire. Déstabilisée un moment par la réaction de son ami, Andréa hésita. Ce temps fut suffisant pour que le loup-garou en profite pour s'enfuir. Les jeunes furent étonnés. Avait-il vraiment eu peur de la fronde d'Andréa ? Il aurait pu les mettre en pièces d'un seul coup de patte.

— Pourquoi tu voulais pas que je tire ?

— Il ne me voulait aucun mal, répondit Charles.

— T'es fou ! s'exclama Vincent.

— Si Andréa l'avait atteint, la bille ne lui aurait pas fait grand-chose à part peut-être provoquer sa colère.

— En tout cas, il est parti, c'est ça le principal, dit Miguel en soupirant comme s'il avait retenu son souffle tout ce temps.

— Il faut le retrouver, déclara Charles.

— Est-ce qu'il y a un psychiatre dans la salle ? dit Vincent en faisant tourner son doigt à côté de sa tête en signe de dérision.

— Vincent a raison, Charles. On a été chanceux, restons-en là, voulut conclure Miguel.

— Traitez-moi de fou si vous voulez, mais je sais une chose.

— Quoi ? fit Andréa.

— La bête, la chose, appelez-la comme vous voulez, bien c'était un homme.

— Et... ?

— Et je suis pas mal certain que c'était justement notre homme, celui qu'on cherche, trancha Charles.

— Qu'est-ce qui te fait dire ça ? demanda Miguel.

— Appelons ça une intuition.

— Désolé, Charles, mais va falloir que tu fasses mieux que ça, une intuition... se moqua Vincent. On ne part pas à la chasse à la bête féroce sur une intuition.

— C'est parce que vous n'avez pas vu ses yeux. Tellement de tristesse... Un animal ne serait pas capable d'autant d'émotion. C'est justement la pleine lune ce soir, et je suis certain qu'il est victime...

Charles n'eut pas le temps de finir sa phrase. Un chien venait d'aboyer, aussitôt suivi par une longue plainte.

— Par là ! Ça vient de derrière la bibliothèque.

En plein dans la direction où s'était enfui le loup-garou.

— Il a dû rattraper le chien, et cette fois, il va y passer. Vite!

N'attendant pas ses amis, Charles s'élança à la recherche de la créature. Le reste de la bande n'avait aucune envie de se frotter encore une fois à la bête. Ils le suivirent tout de même, plus pour protéger leur camarade que pour affronter le loup-garou.

Le spectacle qui les attendait n'avait rien de réjouissant. La gueule ouverte dévoilant ses crocs pointus, la bête tenait le labrador à bout de bras, tendus vers la pleine lune, telle une offrande. Les jeunes croyaient bien qu'ils allaient assister impuissants à la mise à mort du chien. Puis, ils virent le loup-garou tendre son index, faisant saillir sa griffe. De sa pointe acérée, il cisela une petite entaille sur une des pattes avant du chien. Du sang s'en écoula en un mince filet, puis l'homme-animal s'en abreuva. Après avoir ingurgité suffisamment de sang, la créature déposa le chien, qui s'enfuit aussitôt en boitant un peu. La blessure semblait assez légère, l'animal s'en remettrait bien vite. Comment une bête habitée par autant de rage sanguinaire avait-elle pu procéder de façon si minutieuse? C'était comme si elle n'avait pas voulu tuer le chien, mais seulement recueillir un peu de son sang, sans trop le blesser. Cela lui aurait été pourtant plus facile de plonger ses crocs dans la gorge du chien. Seul un être doué d'intelligence et de sentiment pouvait agir ainsi, pensèrent les membres de la bande des quatre.

Les jeunes aventuricrs n'eurent pas le temps de pousser leur réflexion plus loin. Une lamelle de verre de la Grande Bibliothèque vint s'abattre sur le dos du loup-garou. La vitre se fracassa en plusieurs morceaux. La bête s'effondra sous le choc. Malgré la puissance de l'impact, la créature qui aurait dû être morte, du moins sérieusement blessée, se releva péniblement en jetant un bref regard vers le sommet de la bibliothèque. Les jeunes levèrent eux aussi les yeux, cherchant d'où la lamelle était tombée. Prudemment, ils reculèrent de quelques pas afin d'éviter d'être la cible d'une autre possible chute d'un élément de la structure, tout en gardant leurs regards rivés sur l'édifice. Jamais ils n'auraient songé à les revoir ici : au dernier étage, dans une fenêtre sans éclairage, Charles et ses amis aperçurent six yeux rouges qui les observaient.

— Les trois démons…

Si les enfants n'avaient pas été si loin, ils auraient pu entendre le rire du trio d'adolescents juchés au dernier étage de la bibliothèque. Les sbires rencontrés un mois plus tôt, chargés de nuire à la mission de leur ami Jacob, celui que les démons connaissaient sous le nom d'Ambrosius. Ceux-là mêmes qui avaient déshabillé Jacob et tenté de lui faire manger de la merde de chien. Les jeunes aventuriers les avaient aussi croisés à leur sortie du monde des Nomaks, alors que les adolescents cherchaient encore à tourmenter leur copain handicapé. Les yeux rouges s'éloignèrent de la fenêtre pour bientôt disparaître.

— Qu'est-ce qu'ils font là, eux? s'interrogea Miguel, perplexe.

— Je ne sais pas, mais pendant que nous les observions, notre homme en a profité pour s'éclipser, on dirait, constata Andréa.

Brusquement revenue à la réalité, la bande observa rapidement les alentours. Aucune trace de leur loup-garou.

— Au moins, on sait maintenant que les lamelles de verre ne nous étaient pas réservées, pensa Vincent à haute voix.

— Je ne conclurais pas à ça trop vite, moi, dit Charles.

— Pourquoi donc ? s'étonna Vincent. On l'a bien vu, c'est le loup-garou qui était visé, pas nous.

— Cette fois, oui, on dirait bien.

— Et ce matin, la même chose, ajouta Miguel.

— Peut-être, douta Charles. Tout ce que je sais, c'est qu'à chaque occasion, nous y étions. Et à ce que je sache, ce n'est jamais arrivé avant. Drôle de coïncidence, non ?

— Hum…

— La seule chose qu'on peut en conclure, je crois, sans trop se tromper, c'est que les trois démons sont probablement les responsables de la chute des lamelles de verre. Démons que, comme par hasard, nous connaissons et qui sont intimement liés à Jacob. Ça fait beaucoup de hasards, vous ne trouvez pas, pour écarter du revers de la main la possibilité que nous puissions aussi avoir été visés ?

— Ouais… tu n'as peut-être pas tort, observa Andréa.

— Raison de plus pour déguerpir en vitesse, dit Vincent.

— Je dirais plutôt : raison de plus de s'en assurer, déclara Charles. Si nous sommes dans la mire des démons, notre enquête risque de prendre une tout autre tournure.

*Le moine tibétain et ses deux invités s'assirent sur le rebord du bassin, profitant de la fraîcheur de l'eau en cette chaude journée. Ils auraient bien le temps de visiter la bibliothèque d'Alexandrie.*

*— Tout a commencé lorsque j'étais encore au monastère, dans les montagnes du Tibet. J'avais déjà la tâche de copier les livres de prières. Un jour, après la méditation matinale, le grand Lama est venu à ma rencontre. Un émissaire d'Égypte avait été envoyé à nos frontières. Il désirait que nous partagions notre savoir. Pour ce faire, j'avais été choisi pour traduire nos ouvrages en grec. Je ne connaissais absolument rien de cette langue. Notre grand prêtre disait avoir confiance en moi. J'étais un bon élève, assez doué pour apprendre une langue étrangère et la maîtriser. Moi qui n'avais jamais quitté mon pays, j'entrevoyais avec plaisir ce grand voyage. Je n'avais aucune idée de ce qui m'attendait là-bas. Me plonger dans cette nouvelle culture fut très bouleversant au début. Peu de gens connaissaient nos rites et coutumes. Ça a été difficile de me faire accepter. Le grand bibliothécaire, maître Zénodote, a facilité mon intégration. C'était un homme bon, curieux et très sage. Je crois que tu le connais un peu, dit le moine à l'intention de l'homme qui l'accompagnait.*

*— Oui, un peu, répondit-il, en souriant.*

*— Sans lui, je ne sais pas si je serais resté.*

*— En somme, si Zénodote n'avait pas été là, peut-être bien que rien de tout ce qui t'est arrivé ne se serait produit, fit remarquer l'invitée du moine.*

*— Qui sait... Un autre que moi aurait été envoyé et aurait peut-être lui aussi subi la malédiction avec moins de bonheur.*

*— Qu'est-ce que tu veux dire? demanda l'homme.*

*— Peut-être se serait-il mieux adapté que moi au début, et alors Zénodote ne l'aurait pas pris sous son aile, comme il l'a fait avec moi. Et jamais le talisman n'aurait été créé pour le sauver.*

## 5

# L'homme d'Alexandrie

Samedi, tôt le lendemain matin, la bande des quatre s'était donné rendez-vous chez Jacob. Il leur fallait éclaircir bien des énigmes. Plus important encore, les jeunes aventuriers voulaient savoir si les récents événements allaient être pour eux le début d'une nouvelle mission. Charles s'en voulait un peu d'avoir entraîné ses amis sans avoir d'abord mesuré tous les risques que cela pouvait comporter. Ils auraient dû consulter Jacob.

La mère de leur ami les accueillit sur le pas de la porte, comme à son habitude, avec un grand sourire. D'allure encore jeune, malgré son âge, elle avait des ridules qui se dissipaient tant ses yeux brillaient. Coquette, elle teignait ses cheveux gris, leur donnant une flamboyante couleur rousse qui ajoutait à son éclat. Elle était tellement contente que son jeune fils handicapé ait pu se faire des copains. Cette travailleuse sociale énergique au grand cœur avait dû lutter pour que Jacob soit intégré dans une école normale, et non dans un centre spécialisé où il aurait été cloisonné, exclu des activités des jeunes de son âge. Jacob souffrait d'une maladie très rare dont seulement quelques cas avaient été recensés sur la planète. Il était intelligent et pouvait se déplacer à peu près normalement malgré le mal qui déformait en partie ses membres. Les jeunes avaient coutume d'éviter le sujet, par respect, mais aussi par gêne. D'autant plus qu'ils en savaient davantage que sa mère adoptive sur la véritable origine de leur camarade : c'était un très ancien habitant de la Terre réincarné dans un corps qui ne lui permettait pas d'accomplir seul sa mission. Aussi improbable que cela pût paraître, Charles et ses amis possédaient suffisamment de preuves des pouvoirs de Jacob pour le croire. Andréa avait pu constater comment Jacob pouvait arrêter le temps, les autres l'avaient vu projeter son esprit au fin fond du monde souterrain des Nomaks. Sans parler de son apparente difficulté d'élocution que Jacob surmontait en communiquant par la pensée avec la bande des quatre. Quel étonnant mystère leur ami allait-il encore leur réserver ?

En entrant dans sa chambre au premier, ils découvrirent Jacob allongé sur son lit en train de dessiner. Une activité qui le passionnait et dans laquelle il démontrait un talent remarquable. Les quatre grands copains eurent alors une impression de déjà-vu. En effet, c'était presque ainsi que leur première aventure avait débuté. Jacob avait entre autres tracé le portrait en tout point identique d'Olaf Olsen et dessiné la caverne où le vieil homme avait été découvert, et ce, des mois avant l'événement ! Les dessins de Jacob s'étaient avérés le point de départ de leur enquête.

— Salut les gars, je vous attendais, communiqua Jacob par la pensée à toute la bande.

— C'est drôle, mais ça ne me surprend pas, dit Charles, sourire en coin.

— Qu'est-ce que tu gribouilles ? demanda Andréa.

— D'après vous ?...

L'une des choses que les quatre amis avaient apprises avec le temps sur Jacob, c'est qu'il adorait laisser planer le mystère. Ça l'amusait de voir la bande se triturer les méninges. C'était fait sans malice et ses camarades se pliaient souvent à ce jeu en s'attelant à la tâche avec plaisir. Cependant, cette fois, le quatuor n'avait pas le goût de se prêter à cet exercice ludique.

— Vous me semblez bien pressés.

— Jacob, tu sais qui on a vu hier soir ? dit Charles, en allant droit au but.

— J'ai une vague idée...

— On a refait connaissance avec tes trois amis, les démons.

— Oui, eux... Ils ne se lasseront jamais, il faut croire. Je croyais plutôt que vous alliez me parler d'autre chose. Comme de ça, entre autres, dit Jacob en montrant son dessin.

— Le loup-garou ! s'exclamèrent en chœur les jeunes.

— Vous l'avez rencontré ?

À tour de rôle, chacun y ajoutant des détails, les aventuriers relatèrent leur soirée de la veille.

— Qu'est-ce que tu sais de cet homme-animal ? lança Charles.

— Et que viennent faire tes démons dans cette histoire ? ajouta Andréa.

— C'est nous qui étions visés par la lamelle de verre ? renchérit Miguel.

— Une chose à la fois, mes fougueux amis… Ne devrions-nous pas commencer par le début ?

— C'est-à-dire ?… demanda Charles.

— Le message, répondit Jacob.

— Comment sais-tu ça ? s'étonna Vincent.

— Voulez-vous jouer aux devinettes ou préférez-vous déchiffrer ce message ?

L'avance qu'avait souvent Jacob sur eux ne cessait de les surprendre. Bien des fois, il semblait au courant des événements avant qu'ils se produisent.

— Vous l'avez apporté ?

Andréa lui donna la transcription qu'elle avait faite des morceaux de verre superposés sur le trottoir qui formaient apparemment des signes. Jacob regarda longuement la feuille, pendant que la bande espérait une révélation. Leur ami retourna le dessin dans tous les sens, se passa une main dans le visage en soupirant, puis se gratta les cheveux. Charles n'en pouvait plus d'attendre.

— Tu y comprends quelque chose ?

Jacob mit un bon moment avant de répondre. Comme s'il connaissait la réponse, mais ne savait pas comment annoncer la nouvelle.

— Jacob, tu m'inquiètes, dit Andréa. C'est grave ?

Le silence de Jacob alourdissait l'atmosphère. Les jeunes étaient tendus. Ils voulaient la réponse, tout en la redoutant.

— Grave ? Je ne sais pas encore. J'ai d'abord cru à une affaire de loup-garou. C'est ce que mes visions me renvoyaient. J'ai été idiot de ne pas pousser plus loin.

— Est-ce que nous courons un danger? s'inquiéta Vincent.

— Je ne peux vous répondre avec certitude. Je me demande si ce message n'est pas une fabrication des démons pour m'attirer dans un de ces pièges dont ils ont le secret.

— Qu'est-ce que dit le message? demanda Charles.

— Je n'étais pas certain, c'était il y a bien longtemps... Mais si mes souvenirs sont exacts, il s'agit de grec.

— Grec? s'étonna Andréa.

— Oui, de grec ancien, même. Le message dit :

Au secours
Avant la nuit
Avant la pleine lune
Twan d'Alexandrie

— Et pourquoi crois-tu à un piège? questionna-t-elle.

— Parce que je connais effectivement un dénommé Twan qui vivait à Alexandrie.

— Qui « vivait »? souligna Charles.

— Qui vivait, oui. Il y a de cela presque deux mille ans. Il était copiste. Il retranscrivait les manuscrits de la grande bibliothèque.

— Aurait-il pu se réincarner comme toi? demanda Miguel.

— Possible, mais j'en doute. Il n'était pas de la confrérie, si je puis dire. Un simple mortel. Non, ce qui m'inquiète, c'est ce que le message sous-entend. Twan serait le loup-garou.

— Pourquoi ça t'inquiète? dit Vincent.

— C'est une longue histoire... Il y a de cela environ douze mille ans, les Hams, une peuplade des montagnes de Bayan-Kara-Ula en Chine, à la frontière du Tibet, ont recueilli des membres d'un peuple venu d'ailleurs, les Dzoppas. Leur vaisseau s'était écrasé dans une crevasse, faisant beaucoup de morts. Les quelques survivants, incapables de réparer leur vaisseau trop endommagé, ont longtemps attendu des secours, pendant plusieurs jours. Sans toutefois perdre espoir, l'équipage décimé devait trouver de la nourriture. C'est ainsi que, lors d'une de leurs excursions, ils firent la rencontre des Hams. Ces derniers étaient fascinés par ces étrangers de la taille d'un enfant, par leur corps frêle et leur tête surdimensionnée. Mais plusieurs parmi les Hams avaient peur. Cela provoqua une scission au sein du clan. Certains ont préféré partir vivre chez d'autres tribus plutôt que de venir en aide aux Dzoppas. Une fois alerté de la présence de bizarres étrangers, le clan des Naha décida de chasser les envahisseurs dzoppas. Les Hams, plutôt pacifiques, accompagnés des Dzoppas, furent donc forcés de quitter leur territoire pour aller s'établir plus haut dans les montagnes, cachés dans des grottes. Ainsi isolés, loin de leur vaisseau, les Dzoppas ne surent jamais si des secours étaient venus ou non. Parfois, ils partaient en expédition sur les lieux de l'écrasement, difficilement accessibles, espérant y trouver un signe du passage des leurs. Rien ne laissait deviner qu'une équipe partie à leur recherche ait pu trouver leur vaisseau. Les Dzoppas récupérèrent ce qu'ils pouvaient amener des entrailles de leur appareil, puis retournèrent vivre en secret dans les grottes. D'autres expéditions dzoppas allaient forcément revenir un jour sur Terre. Eux-mêmes n'étaient pas les premiers explorateurs de la planète. Mais ces voyages étaient rares et très espacés dans le temps, parfois à des dizaines, voire des centaines d'années d'intervalle. Résignés, les Dzoppas se mélangèrent aux Hams, leurs bienfaiteurs, une tribu somme toute assez primitive. Du séjour sur Terre des Dzoppas, peu de traces ont subsisté. Les Hams et les Dzoppas se mélangeant au fil du temps, il ne resta que des squelettes enfouis dans les grottes de ces hautes montagnes inaccessibles. Sentant venir l'extinction de leur peuplade, les survivants voulurent confier l'héritage des premiers Dzoppas à un moine tibétain. Le plus jeune membre de la tribu fut envoyé en mission au Tibet, là où ils savaient que vivaient des sages, dont certains étaient venus les visiter nombre d'années auparavant. Là, le secret des Dzoppas serait en sécurité, selon eux. Et il le fut, effectivement, pendant des millénaires, bien à l'abri. Mais vint un jour où la guerre menaça la quiétude du temple tibétain. C'est alors que me fut confiée la mission de trouver un nouveau refuge pour l'objet le plus important du patrimoine des Dzoppas. Je fis donc un long périple vers Alexandrie, là où se dressait la grande bibliothèque, lieu de conservation des trésors de la connaissance. L'un des nôtres, un descendant de la lignée des Hams, y avait été envoyé pour aider au travail titanesque que cela représentait. Et c'était bien sûr Twan. Il y a de cela un peu plus de deux mille ans…

La bande des quatre avait écouté en silence le long récit de Jacob. Pendant que leur ami racontait, les jeunes tentaient de faire des liens avec les récents événements. Il leur faudrait bien sûr encore un peu de temps pour digérer toutes ces nouvelles informations. La fin de l'histoire les laissait sur une question qui allait les tarabuster longtemps. Charles regarda chacun de ses camarades dans les yeux et vit la même inquiétude.

— Jacob, c'est quoi le secret des Dzoppas ?

*En compagnie du jeune moine tibétain, l'homme et la femme admiraient les lions et les autres félins regroupés dans le zoo d'Alexandrie attenant à la grande bibliothèque.*

*— Ces grands carnassiers me font songer à certains individus que nous avons eu le « plaisir » de rencontrer avant d'arriver ici, dit l'homme.*

*— Tu parles de moi ? s'étonna le moine.*

*— Non, ce n'est pas ce que j'ai voulu dire. Je ne parlais pas de leurs crocs, mais de leurs yeux. Tu ne trouves pas qu'ils sont rouges comme les leurs ?*

*— Leur regard n'est pas rassurant en tout cas, dit la femme.*

*— Au moins eux, on peut les mettre en cage, contrairement aux démons, répliqua le moine. D'ailleurs, je me demande bien ce qu'il est advenu d'eux après qu'ils eurent été aspirés par le talisman. Peu importe, au fond, l'important c'est qu'ils ne me retrouveront jamais ici.*

*— Le disque des Dzoppas, que comptes-tu en faire ? demanda l'homme.*

*— Je vais le cacher au même endroit qu'il y a deux mille ans, quand Ambrosius me l'a apporté. Les démons ne l'avaient pas trouvé à l'époque, ce devait donc être une bonne cachette. Venez.*

*Guidés par le moine, ils pénétrèrent à l'intérieur de la grande bibliothèque. Le moine les amena dans ses appartements, une modeste chambre ne contenant que le nécessaire : un lit et une chaise, une table sur laquelle reposait un bol rempli d'eau.*

*— C'est ici que j'ai vu Zénodote pour la dernière fois. Sans lui, la vie à Alexandrie ne serait plus pareille. Je ne crois pas que j'aurais accepté de revenir après sa disparition. J'ai hâte de le revoir.*

*— Je ne connais rien de ces choses, mais ce n'est pas dangereux que les deux se rencontrent ? dit la femme, en parlant de Zénodote et de son ami.*

*— Je ne crois pas, répondit le moine. Ce sont deux incarnations de la même âme, mais deux incarnations différentes.*

# 6

# Le collier

Jacob demeurait silencieux. Il savait que tout leur dévoiler pourrait faire de ses amis une cible pour les démons. Tant qu'ils combattaient à ses côtés sans être au fait des réelles et profondes implications du secret des Dzoppas, Jacob pensait peut-être pouvoir les protéger. Selon lui, ses héritiers, en quelque sorte, n'étaient pas encore prêts pour affronter de tels ennemis. Même s'il savait que le jour viendrait bien tôt ou tard. Valait mieux que ce soit tard pour le moment. Les jeunes ignoraient les projets que Jacob avait pour eux, et les espoirs qu'il fondait sur eux. Il serait long le chemin qui les mènerait vers l'épreuve ultime. D'abord, il fallait les préparer, lentement mais sûrement.

— Je ne peux vous révéler le secret des Dzoppas. Mais je peux vous dire qu'il est inscrit sur un objet. Un disque conçu en un métal inconnu sur Terre. Il renferme des informations que le monde n'est pas encore prêt à comprendre. Sachez que la grande bibliothèque d'Alexandrie a fait l'objet d'attaques répétées, puis a été finalement détruite simplement parce qu'elle était le refuge de ce secret. Les démons ont investi des généraux et leurs armées pour arriver à leurs fins. De grands pouvoirs se déchaînent sur ceux qui, même sans connaître le secret, savent simplement où il est caché.

— On serait mieux de ne pas s'en mêler, si je comprends bien, dit Vincent avec un frisson dans la voix.

— Oui et non… Si c'est bel et bien mon vieil ami Twan qui nous a transmis ce message, je dois l'aider.

— En quoi ça nous implique ? demanda sagement Miguel, avec sa réserve habituelle.

— Vous êtes déjà impliqués, depuis le jour où nous nous sommes rencontrés. Les démons connaissent votre existence. Ils savent que vous m'aidez. Pour l'instant, vous n'êtes qu'un grain de sable dans l'univers pour eux. Mais on sait que même un grain de sable, savamment placé dans la plus grosse des machines, peut la faire dérailler.

— C'est drôle, à t'entendre, Jacob, j'aimerais mieux être un grain de sable sur une plage… dit Vincent, en souriant. Ça me semble moins risqué et certainement plus agréable.

— Tu n'as pas tout à fait tort, Vincent. À vous quatre, vous formez déjà une plage, une muraille, sur laquelle bien des vagues vont s'abattre mais aussi s'échouer.

Charles et ses amis ne saisissaient pas toujours le sens des métaphores et paraboles de Jacob.

— Qu'est-ce que tu veux dire? demanda Andréa, intriguée.

— Que bien des dangers nous attendent, mais que vous saurez les parer. Et parfois, malgré vous.

Ces paroles n'avaient rien de rassurant, pensèrent les quatre amis.

— Si je comprends bien, on n'a pas le choix, conclut Charles. Maintenant, la question est : « Qu'est-ce qu'on peut faire ? »

Jacob se leva enfin de son lit et ouvrit la porte de son placard. Ses camarades constatèrent qu'il régnait toujours le même fouillis à l'intérieur. Les vêtements pêle-mêle, certains suspendus, d'autres non, jonchaient des piles de boîtes à l'équilibre précaire. Malgré l'apparent désordre, Jacob semblait savoir où chaque chose était rangée. Il sortit du placard avec une toute petite boîte à souliers empoussiérée. Il souffla dessus et la poussière vola dans les yeux de ses copains.

— Oups, désolé, dit Jacob.

En voyant son sourire taquin, ses amis n'étaient vraiment pas certains que Jacob soit vraiment navré. Ils lui pardonnèrent bien vite lorsque Jacob leur montra ce qu'il y avait à l'intérieur de la boîte.

— C'est quoi, ça ? demandèrent-ils en chœur.

— C'est le collier que je portais lorsque mon père m'a retrouvé au fond de cette grotte, en Sibérie.

En effet, Jacob était un enfant abandonné. Son père adoptif, mort depuis, faisait des fouilles archéologiques dans cette région lointaine quand un matin il découvrit un bébé emmailloté. Jacob leur avait révélé que sa mère naturelle avait été engrossée pendant son sommeil par une sorte de démon particulier, un incube. Assaillie par les gens de son petit village, elle s'était vue forcée de confier son enfant au prêtre, le seul homme en qui elle avait confiance, pour ensuite prendre la fuite, évitant le courroux des villageois. Le prêtre, lui-même harcelé par les démons, cacha Jacob sur le lieu des fouilles, sachant probablement qu'il y avait de fortes chances que les scientifiques le recueillent, et ainsi, l'emmènent loin de là. Si la mère de Jacob durant sa grossesse n'avait pas constamment fait appel à la lumière blanche, le plan de l'incube aurait pu fonctionner. Leur ami se serait retrouvé voué à servir les démons. Voilà pourquoi ces derniers s'acharnaient sur lui.

— Ce collier n'est pas un simple bijou. Il rend quiconque le porte invisible aux yeux des gens infestés par le mal. L'homme qui m'a caché avait pris ses précautions.

— Et ça marche vraiment ? dit Miguel, dubitatif.

— Il faut croire que oui. N'en suis-je pas la preuve ?

— Pourquoi tu nous montres ça ? demanda Andréa, fort intriguée.

— Je pense que vous pourriez en avoir besoin. D'après le récit que vous m'avez fait des interventions de ces deux agents de sécurité, il se pourrait bien qu'ils soient sous l'influence des démons, sans même le savoir.

— Tu veux dire qu'ils seraient comme leurs yeux ? questionna Charles.

— En quelque sorte, oui. Mais le collier ne peut protéger qu'une seule personne, celle qui le porte. Je te le confie. Fais-en bon usage.

De manière presque cérémoniale, Charles mit un genou par terre, pencha la tête et Jacob lui enfila le collier. Puis, il demanda aux quatre amis de se tenir par la main et prit place au milieu du cercle ainsi formé en tenant le collier entre ses mains.

— L'objet n'a aucun pouvoir s'il n'est pas activé. Je vais vous demander de visualiser dans votre esprit une lumière, la plus blanche possible. Puis, ensemble, nous allons focaliser ce halo autour de nous pour en faire un éclair concentré que nous allons diriger vers le collier. Ne vous laissez pas impressionner ou déranger par mes paroles ou par ce qui va arriver. C'est très important.

Les jeunes se concentrèrent. Jacob commença à murmurer des mots dans une langue inconnue. Les yeux fermés, ils imaginèrent chacun une lumière blanche tout en essayant de ne pas prêter attention à l'incantation prononcée par Jacob. Soudain, Charles et ses amis ressentirent une chaleur dans leurs paumes. Ils ne savaient pas s'ils devaient garder les yeux fermés. Curieuse, Andréa les ouvrit. Des formes lumineuses flottaient au-dessus d'eux. Andréa eut peur. Des esprits ? L'une des formes semblait posséder des traits, presque un visage. Peut-être était-ce son imagination qui lui jouait des tours. Elle pensait à des fantômes, alors elle cherchait à en voir. La silhouette diffuse qu'elle voyait au-dessus de Charles avait pourtant toutes les apparences d'une femme avec des cheveux longs. Elle eut même l'impression qu'elle lui souriait. Ne voulant pas faire rater l'expérience, Andréa referma les yeux et se força à visualiser une lumière blanche, même si ce qu'elle venait de voir la troublait. L'activation du collier se conclut lorsque Jacob poussa un grand cri. Surpris, ils ouvrirent tous les quatre les yeux en même temps. Andréa constata qu'il n'y avait plus de traces de fantômes ni de boules de lumière. Elle garda pour elle ce qu'elle avait vu.

— Voilà, c'est fait, dit simplement Jacob.

— J'imagine que tu n'as pas fait tout ça pour rien, commença Charles. Tu veux qu'on retourne à la Grande Bibliothèque.

— Oui, il faut que vous essayiez de retrouver Twan.

— Si je comprends bien, tu ne viendras pas avec nous ? dit Miguel.

— Pas ce soir, non, répondit Jacob. Avant de me jeter dans la gueule du loup, assurons-nous d'abord que Twan est bel et bien là.

— Tu penses encore que c'est un piège ? demanda Andréa.

— Pas nécessairement.

Jacob avait de plus grandes appréhensions, mais il se garda bien d'en faire part à la bande. Pour le moment, il ne voulait pas les effrayer inutilement. Si ce qu'il redoutait se révélait fondé, il serait toujours temps de s'y préparer. Du moins, il l'espérait.

— Maintenant, je dois vous expliquer comment fonctionne le collier.

Charles et ses amis avaient bien plus envie de poser des questions sur l'espèce de cérémonie magique à laquelle ils venaient de participer. Andréa brûlait de connaître l'origine des silhouettes fantomatiques qu'elle croyait avoir aperçues.

— D'accord, dit Jacob qui avait lu dans leurs pensées, je veux bien tenter de répondre à vos interrogations. Andréa, ce que tu as vu, même si tes camarades avaient eux aussi ouvert les yeux, ils n'en auraient probablement pas été témoins. Tu as été la première à manifester une sensibilité, une ouverture aux pouvoirs. Cette fois encore, tu as devancé tes camarades. Ce don de voir les esprits est à double tranchant. Ici, il s'agissait d'esprits du bien. Mais il y a aussi les esprits du mal. Quand ils se rendront compte que tu peux les déceler, ce ne sera pas un sourire qu'ils t'adresseront, eux.

— Qui était la femme que j'ai vue au-dessus de Charles ? demanda Andréa.

— Ce sera à lui de le découvrir.

— C'était bien un fantôme, donc ?

— J'ai parlé d'esprits du bien, pas de revenants…

— Un instant, coupa Charles. Andréa a vu une femme au-dessus de moi et ce sera à moi de découvrir qui c'est ? Comment ?

— Veux-tu vraiment le savoir ? demanda Jacob.

— Ben… je ne sais pas… Je suppose que oui. Je suis curieux, en tout cas.

— Il te faudra plus que de la curiosité. Tu devras en avoir besoin. En as-tu besoin ?

— Euh…

— Sens-tu que c'est nécessaire, voire vital ?

— Jacob, pourquoi n'es-tu pas un simple garçon comme nous, incapable de garder un secret ? répondit Charles en souriant.

Le reste de la bande se mit à rire. Les jeunes savaient que Jacob ne pouvait tout leur dire. Ils commençaient de mieux en mieux à comprendre l'importance de la mission de leur ami, même s'ils n'étaient pas au courant de tous les enjeux.

— Bon, et ce collier, comment ça fonctionne ? reprit Charles.

— Comme ça, simplement en le portant, le collier agit comme un talisman. Il te protège, te rend invisible aux yeux du mal. Toutefois, si une personne investie d'un esprit malin te cherche, elle pourrait peut-être sentir ta présence. Cependant, si tu arrives à maîtriser la force d'évocation du collier, il peut repousser le mal, l'aveugler.

— Comment ?

— De la même façon que nous avons procédé tantôt, en pensant à la lumière blanche.

— Et est-ce que la femme qu'Andréa a vue a quelque chose à voir avec la maîtrise du pouvoir du collier ?

— Tu progresses, se contenta de répondre un Jacob sibyllin.

# 7

# Le rat

Le plan était simple. Les héritiers d'Ambrosius avaient décidé de passer la soirée à l'intérieur de la Grande Bibliothèque. Les quatre amis avaient projeté de s'introduire dans la bibliothèque un peu avant la fermeture, puis d'échapper à la vigilance des gardiens. Et enfin, de se cacher dans les toilettes en attendant que tout le monde soit parti. Alors, ils se mettraient à la recherche du mystérieux Twan. Plus simple à dire qu'à faire.

Le samedi, la Grande Bibliothèque fermait à dix-sept heures. À seize heures quarante-cinq, la bande était face à la porte d'entrée au niveau du métro. Cela leur évitait de se faire voir en passant devant les grandes fenêtres de la façade. Charles, paré de son collier magique, fut envoyé comme éclaireur. Il monta l'escalier roulant. À sa gauche, une fenêtre donnait sur le sous-sol, sur la section jeunesse. Rien à signaler de ce côté, l'endroit était presque vide. Une fois au rez-de-chaussée, devant l'entrée principale, il y avait bien des gardiens, mais aucun ne ressemblait à leurs deux hommes. Charles franchit le seuil, mine de rien. Les mêmes files d'attente de gens les bras chargés de livres, impatients de rentrer chez eux. Le jeune aventurier grimpa les marches, jetant des coups d'œil circulaires aux alentours. Comme les étages étaient à aire ouverte, son regard pouvait embrasser presque toute leur étendue en quelques secondes. Aucune trace des gardiens ni des adolescents. Pendant un moment, Charles avait espéré croiser ce fameux Twan, mais non. Il savait bien que les chances étaient minces.

Arrivé aux toilettes, Charles attendit qu'un vieux monsieur termine de se sécher les mains et sorte pour ensuite se faufiler dans une cabine. Il grimpa sur la cuvette, s'accroupit, non sans avoir pris soin de verrouiller la porte. Il communiqua par la pensée avec ses camarades. La deuxième partie du plan pouvait débuter. Ainsi, tour à tour, chacun des membres de la troupe refit le même chemin que Charles à un détail près : chacun alla se poster dans une toilette différente. Ils croyaient se dérober aux regards soupçonneux en ne s'amenant pas en groupe, mais seuls et séparés. De plus, l'avantage de cette manière de procéder leur permettait de faire quatre inspections des lieux. Si l'un d'eux se faisait prendre, les autres déjà à l'intérieur pourraient quand même poursuivre la mission, pensaient-ils.

Dix-sept heures dix. Les quatre amis consultèrent leur montre. Ils avaient décidé d'attendre qu'un employé vienne faire le tour des toilettes avant de sortir de leur cachette. Les jeunes se doutaient bien qu'il y aurait une certaine vérification avant la fermeture de la bâtisse. La sécurité devait s'assurer que tout le monde était sorti avant de verrouiller les accès. Ils comptaient sur la routine de l'opération pour que le contrôle ne soit pas trop poussé.

Dix-sept heures trente-deux. Miguel, au sous-sol, fut le premier à entendre quelqu'un. La porte d'entrée des toilettes grinça. Puis, des bruits de pas à l'intérieur. Des semelles glissaient lentement sur le carrelage, s'avançant vers lui. Le cœur battant, Miguel avait cessé de respirer. Le moindre son pouvait le faire repérer. Tous ses muscles se contractaient. Ne pas bouger. À l'écoute du moindre indice sonore, Miguel essayait d'imaginer ce que l'employé faisait. Les secondes filaient au ralenti, elles lui paraissaient interminables. Soudain, une des portes des cabines fut poussée. Elle alla buter sec contre le mur d'isolement en métal. Puis une autre. Miguel avait choisi la dernière des sept cabines. Une autre porte alla heurter, moins brutalement cette fois, le mur de tôle. Peut-être l'employé se lassait-il déjà, se dit Miguel. En tout cas, il utilisait moins de force. Mais il allait plus rapidement. Il arriva à sa hauteur, et Miguel vit sa porte bouger un brin. Quelqu'un avait poussé dessus. Voilà qu'il recommençait.

— Y a quelqu'un ? dit une voix d'homme.

Aussitôt, Miguel entendit l'individu qui se penchait. Il devait tenter de voir si quelqu'un était assis ou debout dans la cabine.

— On a une porte verrouillée dans les toilettes du sous-sol.

— Et y a encore personne, je suppose, dit une voix blasée sortant d'un talkie-walkie.

— Négatif.

— Michel, tu joues à trop de jeux vidéo d'espionnage…

— Je fais juste mon travail, chef.

— Arrête de m'appeler chef.

— Compris, chef.

— Bon, allez, viens-t'en. La pizza va refroidir.

Le gardien fit quelques pas en direction de la sortie, ouvrit la porte, puis Miguel l'entendit revenir sur ses pas. Non, il n'allait pas faire ça !

— Michel...

— Euh, oui. Au rapport !

— T'es pas en train de vouloir monter sur la cuvette de la cabine d'à côté encore ? Je te rappelle que ce sont mes souliers que tu as aux pieds. J'aimerais bien que tu ne tombes pas dans la toilette avec. OK ?

— Oui, chef, j'arrive.

Malgré tout, le gardien se percha sur la cuvette de la cabine voisine. Il regarda au-dessus de la cloison. Personne.

C'est collé au plafond que Miguel vit le gardien sortir des toilettes. Il s'en était fallu de peu. Il avait juste eu le temps de gravir le mur sans bruit pendant que l'homme parlait avec son chef. Miguel remercia Jacob de lui avoir accordé le don de grimper sur n'importe quelle surface et de pouvoir s'y accrocher.

Les autres avaient suivi les péripéties de leur ami par la pensée. Ils étaient en communication constante. De leur côté, ils n'eurent pas à subir les mêmes désagréments. La tournée des toilettes avait été plutôt sommaire aux autres niveaux de l'édifice. Cependant, il leur était difficile d'évaluer le nombre total des gardiens en poste. La vigilance était de mise. Profitant de l'heure du souper des gardiens, les quatre amis savaient qu'ils disposaient quand même de peu de temps. Chacun sur son étage, tous leurs sens aux aguets, ils entreprirent leurs recherches.

Charles inspectait le dernier étage lorsqu'au détour d'une allée il tomba face à face avec un homme. « Ça y est, je viens de me faire prendre », se dit-il. Incapable de prononcer un mot pour se défendre tant il était surpris, Charles ne sut que dire quand l'homme s'approcha de lui et tint son collier entre deux doigts.

— Il est à vous?

— Oui… En fait, un ami me l'a prêté, répondit Charles, étonné qu'on lui pose cette question.

— J'ai déjà vu cet objet.

— Ah oui?

— Mais il y a fort longtemps.

— Êtes-vous…

— Oui, c'est moi.

Charles était impressionné. Il n'aurait su dire si c'était à cause du long manteau de mouton noir que portait l'homme ou simplement à cause de son visage sans âge au teint asiatique que perçaient de profonds yeux noirs qui le regardaient fixement.

— J'ai peu de temps pour vous parler, avant la transformation.

Des images du loup-garou, la gueule ouverte, plantant ses griffes acérées dans la patte du chien la veille, vinrent troubler l'esprit de Charles.

— La transformation… Vous voulez dire que vous allez devenir un loup-garou?

— Non.

Charles aurait voulu être soulagé, mais le visage inquiet de son interlocuteur n'avait rien pour le rassurer.

— La pleine lune, c'était hier, poursuivit l'homme. Je suis victime d'une double malédiction. N'ayez pas peur, je ne vous ferai aucun mal.

Le regard plongé dans les yeux de l'homme, Charles cherchait à savoir s'il disait vrai. En même temps, il tentait de communiquer avec ses camarades. Il ne voulait pas être seul à affronter la bête qu'il avait vue hier.

— Vous essayez de lire dans mon esprit, c'est ça ?

— Euh, bien… bredouilla Charles, décontenancé.

— Peu importe, vous n'y verrez pas grand-chose, sinon de la tristesse.

C'était vrai. Charles entrevoyait cette même émotion qu'il avait pu observer dans les yeux de l'homme-animal la veille.

— Qu'est-ce que vous nous voulez ? osa demander Charles.

— Depuis quelque temps, je ressens la présence d'un ami, d'un très vieil ami. Et maintenant, je vois sur vous un collier semblable au sien. Ce serait peut-être à moi de vous poser des questions.

Charles recula d'un pas.

— Est-ce que vous me menacez ?

— Pourquoi ferais-je cela ? Vous êtes peut-être ma seule chance.

— Une chance pour quoi ?

— Non…

L'homme n'eut pas le temps de terminer sa phrase. Une vive douleur semblait s'être emparée de tout son corps. Son visage se crispa, ses doigts se raidirent, ses membres s'agitèrent de convulsions. Les amis de Charles arrivèrent au même moment. S'ils n'avaient pas été là, s'ils n'avaient pas été témoins eux aussi du phénomène, jamais ils ne l'auraient cru. L'homme qui était tantôt devant eux avait disparu. À sa place, par terre, un rat fila entre leurs jambes.

— Qu’est-ce qui est arrivé ? dit Andréa après un long moment.

Tous les quatre étaient encore sous le choc.

— Tu lui as parlé, il t’a dit quelque chose ? insista Andréa.

— Il m’a dit qu’il était sous le coup d’une double malédiction. Pas difficile de comprendre quelle est la deuxième.

— Les démons sont des gens assez ironiques… Transformer un bibliothécaire en rat, souligna Miguel.

— Qu’est-ce qu’on fait maintenant ? On n’aura pas une grande conversation avec un rat, j’imagine, ajouta Vincent.

— Peut-être que l’effet de la métamorphose ne dure pas longtemps, réfléchit Charles à voix haute.

— Je me demande pourquoi il s’est sauvé, dit Andréa.

— C’est vrai, dit Charles. Devenu petit comme ça, on aurait facilement pu le cacher dans un sac à dos et le faire sortir en douce. Essayons de le retrouver, il ne doit pas être allé bien loin.

Ils décidèrent de rester groupés. Si le rat tentait encore de leur filer entre les jambes, il leur serait plus facile de lui bloquer le chemin à plusieurs, pensèrent-ils. Arpentant chacune des rangées, les yeux rivés au sol, les jeunes gardaient aussi un œil sur les tablettes. L’animal pouvait se terrer n’importe où. Un bruit attira tout à coup leur attention. Un léger grattement. Mais d’où provenait-il ? Les quatre amis tournèrent la tête de droite à gauche, les oreilles tendues. Rien en vue. Miguel eut une idée. Il escalada les tablettes et se jucha au sommet. De là, il accéda au plafond et se mit à ramper, sans bruit, la tête tournée vers le bas. Après un moment, Miguel fit un signe de la main à ses amis. Il leur montra du doigt une rangée située au fond. L'agile grimpeur redescendit au sol en silence, attendant que ses camarades le rejoignent. À pas feutrés, ils arrivèrent à la hauteur de la cachette du rat. Il était occupé à grignoter la couverture d'un livre. Miguel avait bien raison, se dirent-ils. Quel sort ironique d'avoir métamorphosé un amoureux des livres en rat de bibliothèque, forcé de détruire ce qu'il chérissait. Le rongeur les aperçut du coin de l'œil, il stoppa net son mordillement. Lentement, pour ne pas l'effrayer, les jeunes s'approchèrent de lui. Andréa avait ouvert son sac à dos, prête à capturer le petit animal. Au moment où ils allaient l'attraper, une main tassa vivement la rangée de livres, créant une brèche juste derrière le rat, qui en profita pour détaler par cette ouverture.

— Vous avez rencontré notre ami ?

Trois paires d'yeux rouges les regardaient dans l'espace laissé vide sur la tablette, là où se tenait le rat quelques secondes plus tôt.

*Le jeune moine présenta ses deux invités à ses confrères de la bibliothèque d'Alexandrie. Auparavant, il leur avait fait revêtir des vêtements conformes à son époque afin d'éviter les questions embarrassantes sur leurs origines. Zénodote, le maître et ami du moine, était malheureusement parti en voyage. Il devait cependant revenir bientôt. En attendant, leur hôte leur fit le récit de sa première rencontre avec les démons.*

*— Maître Zénodote et moi étions en train d'essayer de sauver les manuscrits d'Homère sur lesquels il avait si longuement travaillé. L'armée de Jules César avait mis le feu à sa propre flotte d'Alexandrie, embrasant aussi le port. César bloquait ainsi l'entrée de la ville aux navires ennemis. La tactique fut payante, les renforts purent arriver à temps. Mais le brasier se propagea jusqu'aux entrepôts de manuscrits, détruisant une partie de la bibliothèque. Impossible de déterminer la quantité de rouleaux que nous avions perdus. Des milliers ? Quand j'ai vu cet homme accompagné de deux soldats romains fouiller l'entrepôt en flammes sans se brûler, j'ai compris que cette stratégie n'avait été qu'un prétexte. Les soldats aux yeux rouges traversaient littéralement les multiples foyers d'incendie sans subir la moindre brûlure. Les manuscrits leur importaient peu. Ils cherchaient autre chose. Je me doutais bien à quoi de tels démons pouvaient s'intéresser. Le secret des Dzoppas. Mon*

*seul souhait était qu'ils épargnent maître Zénodote. Il n'avait rien à voir là-dedans, n'était au courant de rien et son travail était trop important pour qu'il meure inutilement. Combien de souffrance un homme peut-il endurer ? Je ne me rappelle plus avec précision les tortures qu'ils m'ont fait subir. À la fin, à demi conscient, j'ai flanché. Ils m'ont promis la vie éternelle si je leur révélais l'emplacement de l'héritage des Dzoppas. Je me félicite encore aujourd'hui de ne pas leur avoir tout dit. Il ne faut jamais faire confiance à un démon.*

# 8

# La chasse

— Surpris de nous voir ?

— Pas contents ?

— Auriez-vous peur ?

Le trio démoniaque éclata de rire. Maintenant que les héritiers d'Ambrosius connaissaient l'étendue des pouvoirs maléfiques des trois adolescents, ils craignaient pour leur vie. Si ces âmes noires avaient traversé les âges, persécuté des esprits forts tel Jacob et étaient capables de transformer à jamais un simple mortel en loup-garou, juste pour le plaisir, quelle diablerie leur réserveraient-ils ?

— Vous ne pensiez quand même pas que nous allions vous laisser tous les trois attraper aussi facilement notre ami le rat de bibliothèque, dit celui qui paraissait être le chef.

Par réflexe, Andréa voulut sortir sa fronde, mais Miguel retint sagement son geste. Les jeunes n'auraient pas le temps de fuir si jamais ça tournait mal. Valait mieux ne pas provoquer les démons. La confrontation risquait de ne pas être à leur avantage.

— Qu'est-ce que vous diriez d'une petite partie de chasse?

— Qu'est-ce que vous voulez dire? demanda Andréa.

— Vous chassez le rat, et nous, on envoie les gardiens à vos trousses. Le premier qui capture l'autre a gagné. Amusant, non?

— Pour gagner quoi? demanda-t-elle.

— Vous entendez ça? Pas capable de se contenter d'un simple pari amical. La fillette veut faire monter les enchères. Très bien. Que dirais-tu de perdre ton âme?

— J'ai parlé de gagner, pas de perdre...

— Oh, on est confiante, nota le démon avec sarcasme. Eh bien, si vous gagnez, vous aurez la vie sauve. Pour cette fois...

Sur ces mots, les trois paires d'yeux rouges disparurent.

Les jeunes aventuriers avaient eu froid dans le dos, c'est le moins qu'on puisse dire.

— Avez-vous remarqué une chose? dit Miguel. Ils ont parlé de nous trois, pas de nous quatre.

— Oui, c'est pourquoi je n'ai pas dit un mot, répondit Charles en souriant. Je voulais vérifier si le collier de Jacob fonctionnait. On en a maintenant la preuve. C'est un atout à ne pas négliger. Les gens infestés par le mal ne peuvent me voir.

— Je pense qu'on va avoir une autre occasion de vérifier le pouvoir du collier. Regardez qui arrive, dit Vincent en pointant vers le bas de l'escalier au rez-de-chaussée.

Du dernier étage où ils se trouvaient, ils avaient une vue en plongée sur les deux gardiens qui montaient tranquillement les marches. Aussitôt, ils reculèrent de quelques pas.

— Est-ce qu'ils nous ont vus ? demanda Miguel.

— Je ne sais pas et je n'ai pas envie de rester ici pour le savoir, s'inquiéta Vincent.

— Séparons-nous, recommanda Andréa. Charles, comme les gardiens ne peuvent te voir, essaie de retrouver Twan. Pendant ce temps-là, on s'arrangera pour créer une diversion.

— Et si l'un de nous se fait prendre ? intervint Vincent. Vous avez entendu la menace des démons...

À ce moment apparut au centre du groupe la projection diaphane de l'esprit de Jacob.

— Mes amis...

— Jacob ! ne purent-ils s'empêcher de s'exclamer en chœur.

— Plus que jamais, nous allons devoir travailler en équipe. Je vais m'occuper des démons.

— Et si tu te fais prendre ? objecta Charles.

— Ne vous en faites pas pour moi. J'ai plus d'un tour dans mon sac. L'objectif est de sauver Twan. Charles, on compte sur toi. Tu devras faire attention à...

Jacob n'eut pas le temps de terminer sa phrase que trois silhouettes rougeoyantes, véritables boules de feu, se jetaient sur lui. Vif comme l'éclair, l'esprit du jeune handicapé virevolta dans les airs, aussitôt poursuivi par ses assaillants en flammes. Subjugués, les jeunes avaient le regard fixé sur ce balai de formes incandescentes qui tournoyaient au-dessus de leur tête. Soudainement, retrouver Twan leur parut bien secondaire. Mais que pouvaient-ils faire contre ces entités infernales ? Sans compter les deux gardiens maintenant rendus au pied de l'escalier du dernier étage. Pris entre le désir de tenter quelque chose pour aider Jacob et l'arrivée imminente d'ennemis qui venaient s'en prendre à eux, les intrépides n'eurent d'autre choix qu'un repli stratégique. Il leur fallait espérer que leur ami disait vrai quand il prétendait avoir plus d'un tour dans son sac face à ces adversaires tout droit sortis de l'enfer. La bande se sépara. Miguel descendit à l'étage inférieur, utilisant son don en se collant au mur telle une araignée. Andréa emboîta le pas à Vincent qui sentait ses forces décupler devant le danger. Profitant de l'effet de surprise, Vincent fonça comme une boule de quille sur les deux gardiens qui venaient d'atteindre la dernière marche de l'escalier. Ils furent renversés, mais se retinrent au dernier moment à la rampe, évitant ainsi de débouler. La charge de Vincent leur permit néanmoins, à Andréa et à lui, de se frayer un passage vers l'étage plus bas.

Au centre de tout ce chaos, dans la confusion générale, Charles, invisible aux yeux de ces esprits infestés par le mal, en profita pour s'éclipser en douce. Il avait beau avoir confiance en ses camarades, le jeune garçon redoutait néanmoins le pire. Toute cette aventure lui sembla bien futile en regard du sort qui attendait sa bande s'ils échouaient. Ce n'était pas la première fois que Charles remettait en question cet étrange destin qu'était devenu le leur. Tout cela valait-il la peine que l'un ou l'autre de ses meilleurs amis, ceux qu'il chérissait le plus au monde, risque sa vie pour une mission dont il entrevoyait difficilement le sens et la portée? À la suite de leurs dernières péripéties chez les Nomaks, Jacob avait commencé à leur parler un peu de ce qu'il appelait les gardiens des origines. Manifestement, Twan devait être l'un d'eux. Pourquoi tout ce secret? Pourquoi Jacob ne leur révélait-il pas toutes les implications de leur mission ? Jusqu'à quel point, au fond, ne se servait-il pas d'eux ? Cherchait-il vraiment à les protéger ? Et de quoi ?

Un couinement vint interrompre la réflexion de Charles. Le garçon tendit aussitôt l'oreille. Le bruit avait été si faible que Charles se demandait s'il avait réellement entendu quelque chose. Voilà que le couinement se répéta. Ça venait de derrière une étagère devant lui. Ne voulant pas répéter la même erreur, il contourna lentement, à petits pas, l'étagère, sans trop s'approcher. Il fallait éviter d'effrayer le rat, si c'était bien lui qui émettait ces sons. Une main vint taper sur l'épaule de Charles.

Pendant ce temps, Vincent et Andréa dévalaient l'escalier à toute allure, tentant de mettre le plus de distance possible entre eux et les deux gardiens. Ces derniers, remis de la bousculade, descendaient nonchalamment les marches. Cette lenteur à réagir ne laissait rien présager de bon. Leurs poursuivants semblaient bien sûrs de leur coup, comme des lions chassant un steak dans une cage. Les deux amis n'avaient effectivement pas grand-chance de leur échapper. Les deux sbires connaissaient probablement les lieux comme le fond de leur poche. Peu importe leur cachette, tôt ou tard les deux hommes les découvriraient. Malgré ça, le moment venu, Vincent avait confiance en sa force, il savait qu'il saurait les mater. Andréa aussi ne doutait pas de la puissance du don de son copain, mais qu'en était-il de celui des gardiens ? S'ils étaient vraiment des suppôts des démons, avaient-ils eux aussi un certain pouvoir ? Charles avait dit que le gardien chauve avait fouillé son esprit. Avaient-ils la capacité de lire dans leurs pensées au point de pouvoir les repérer n'importe où ? Cela semblait quand même peu probable, mais comment en être sûrs? Les deux gardiens ne s'étaient lancés à leur poursuite qu'après leur rencontre avec les adolescents, comme s'ils ignoraient jusque-là leur présence dans la bibliothèque.

Rendus au sous-sol, Andréa et Vincent arrivèrent devant une porte sur laquelle était apposé un logo indiquant « Local électrique ». Cela donna une idée à Andréa.

— Si on coupait le courant?

— Pour quoi faire? s'étonna Vincent.

— Je sais que ton pouvoir te donne assez de puissance pour vaincre n'importe qui, mais on a aucune idée du laps de temps que dure ton don.

— C'est vrai. Chez les Nomaks, quand j'ai réussi à bouger la grosse pierre, pas longtemps après je me suis senti un peu faible.

— Et là, comment tu te sens?

— Bien. Fort. Pour l'instant.

— On parlait de créer une diversion pour donner le temps à Charles de retrouver Twan. Si on coupe l'alimentation électrique, on plonge toute la bâtisse dans le noir. Comme j'ai le don de vision nocturne, on posséderait un certain avantage sur les gardiens.

— OK, bonne idée.

La porte était malheureusement verrouillée. Vincent se concentra et il tira sur la poignée en souhaitant que la pression exercée sur la tige métallique de la serrure en vienne à tordre suffisamment le cadre de la porte pour l'ouvrir. Le jeune Samson y mit tellement de force que seule la poignée s'arracha. Vincent se sentit un peu ridicule.

— Qu'est-ce qu'on fait? demanda Andréa paniquée.

— Simple. Je vais défoncer la porte.

Vincent dut s'y prendre à quelques reprises pour enfin voir la porte céder. Il tomba à la renverse avec elle.

— C'est ouvert, dit-il dans un sourire.

— Faut faire vite. J'ai bien peur que le bruit n'attire les gardiens.

Andréa mit un moment avant de déterminer lequel des leviers elle devait baisser pour couper le courant de toute la bibliothèque.

— Dépêche-toi, Andréa, je les entends arriver.

— Je ne sais pas lequel est le bon!

— On les baisse tous alors!

Sans attendre, ils descendirent la dizaine de leviers, espérant ne rien faire sauter. Leur victoire fut de bien courte durée. Ils furent effectivement plongés dans le noir, mais pour aussitôt voir s'allumer deux lampes dans le coin du corridor. Comme dans tous les grands édifices, il y avait un système d'éclairage d'urgence disséminé ici et là aux endroits stratégiques. Dans cette faible lumière, deux ombres grandissantes se profilaient sur le sol pour bientôt atteindre le seuil de la porte où se trouvaient Andréa et Vincent. Les deux gardiens de sécurité avançaient en souriant.

Auparavant, Miguel avait réussi à glisser le long du mur pour descendre à l'étage du dessous. Il n'était pas sorti d'affaire pour autant. Les trois boules de feu à la poursuite de l'esprit de Jacob vinrent le frôler de si près que ses cheveux frisés roussirent un brin sous l'effet de la chaleur. Heureusement, les silhouettes en flammes ne s'intéressèrent pas à lui et continuèrent leur chasse. Accroupi contre la balustrade, Miguel vit un gardien de sécurité qui faisait tranquillement sa ronde, nullement importuné par le vol des créatures incandescentes juste au-dessus de sa tête. Le jeune garçon se souvint alors des mots de Jacob concernant leur nouveau pouvoir. Andréa avait pu voir les esprits lors de la cérémonie du collier dans la chambre de Jacob. Leur ami avait bien dit qu'eux aussi les verraient. Peut-être alors que ce gardien ne se rendait compte de rien parce qu'il ne pouvait tout simplement pas voir les esprits ? Quoi qu'il en soit, ce gardien pouvait le voir, lui. Il devait se cacher, mais où ? Pendant qu'il réfléchissait, Miguel observa Jacob entraîner à sa suite les trois démons vers l'extérieur de la bibliothèque. Le groupe traversa littéralement les grandes fenêtres de la façade à toute vitesse, et Miguel les perdit rapidement de vue. Le plan de Jacob fonctionnait. À court terme du moins. Il avait réussi à éloigner le trio maléfique pour donner le temps à Charles de retrouver Twan. « Au lieu de rester caché, se dit Miguel, je ferais mieux d'essayer d'aller aider Charles. » Sur ses gardes, Miguel décida de remonter au quatrième, à la recherche de son ami. Soudain, l'électricité manqua. Par chance, les fenêtres laissaient pénétrer un peu de lumière de l'extérieur, mais pas assez pour bien tout distinguer. En marchant à tâtons dans la pénombre, Miguel eut alors l'idée de se brancher par la pensée sur ses camarades pour savoir si tout allait bien de leur côté. Au même moment, au détour d'une allée, il aperçut Charles, mais celui-ci n'était pas seul. Dans l'obscurité, il crut percevoir la présence d'un homme tenant un grand bâton.

## 9

# Dans le noir

— Qu'est-ce que tu fais là, mon gars ?

Charles fut tellement surpris qu'il crut un instant que son cœur allait lui sortir de la poitrine tant il battait la chamade. S'ensuivit une grande déception. Si près du but pour finalement échouer. Le rat se tenait là, devant lui, à portée de main, debout sur ses pattes arrière. Encore quelques pas et Charles aurait pu l'atteindre. Pourquoi le rat s'était-il sauvé plus tôt ? Cela échappait encore au jeune aventurier. Il se disait qu'une fois métamorphosé Twan devait perdre la notion de son identité, qu'il devenait vraiment un rongeur et n'avait plus conscience de sa condition humaine. À moins que le bibliothécaire d'Alexandrie n'ait tout simplement fui à l'arrivée des démons. Charles se dit qu'il ne le saurait pas ce soir en tout cas. Il venait de se faire prendre et n'osait pas se retourner pour faire face à l'homme qui lui tapotait l'épaule.

— Pas besoin d'avoir peur, je ne te ferai pas de mal, dit l'homme qui se voulait aussi bienveillant que possible.

Un peu plus loin, derrière lui, Miguel grimpa sans bruit sur une étagère et se colla au plafond. Il avançait lentement vers Charles et l'inconnu. Son plan était de ne pas se faire remarquer puis, au moment opportun, de bondir dans le dos de l'étranger.

— Je n'ai pas peur, répondit Charles un peu par bravade.

— Moi, tu m'as fait peur, en tout cas ! rigola l'homme.

Ce rire détendit un brin l'atmosphère, mais Charles demeurait sur ses gardes. Il ne savait pas du tout à qui il avait affaire.

— Je pensais que tu étais un de ces adolescents qui font du vandalisme dans la bibliothèque ces temps-ci.

À l'évocation des démons, Charles se retourna vivement.

— Vous les avez vus ?

— Qui ?

— Les trois adolescents.

— J'ai surtout ramassé leurs dégâts.

— Vous… Vous n'êtes pas avec eux ?

— Qu'est-ce que tu veux dire ?

— Ben… Vous n'en faites pas partie ?

— Mais de quoi ? De leur bande de petits vandales ? Ce serait bien le comble ! Je m'amuserais à briser tout pour ensuite tout réparer.

— Vous travaillez ici ?

— Mais oui, je suis concierge, dit-il en montrant son balai.

Quand Miguel vit l'homme brandir ce qui était pour lui, dans cette pénombre, un grand bâton menaçant, il se laissa choir au sol et courut à la rescousse de son ami. Au moment où Miguel allait se jeter sur le concierge, Charles saisit l'homme à bras le corps et le poussa hors de la trajectoire de son ami. Sautant dans les airs, ratant sa cible de peu, Miguel atterrit à plat ventre sur le plancher. Heureusement qu'il eut le réflexe de se protéger avec ses avant-bras dans sa chute, sinon il aurait pu avoir le menton ou le nez fracturé.

— Merci, Charles, très gentil de ta part, trouva le moyen de dire Miguel, face contre terre, comprenant du coup que l'étranger ne devait pas représenter un danger si son ami l'avait écarté de son chemin.

— Désolé, Miguel… C'est un bon, lui.

Encore sous le choc, le concierge ne put s'empêcher de sourire.

— Un bon ? Qu'est-ce que vous voulez dire ? Vous jouez aux bons et aux méchants ?

— Est-ce qu'on a l'air de s'amuser ? dit Miguel en se relevant péniblement.

— Mais alors, qu'est-ce que vous faites ici ?

Les deux garçons n'eurent pas le temps de répondre que le rat sauta sur l'épaule du concierge. S'agrippant du mieux qu'il pouvait au tissu avec ses griffes, l'animal tentait d'atteindre la poche de la chemise en faisant frétiller ses moustaches.

— Mon gourmand, c'est ça que tu veux, hein ? dit l'homme en sortant un bout de fromage de sa poche.

— Vous… vous le connaissez ? s'étonnèrent Charles et Miguel.

— Connaître, c'est un bien grand mot. Disons qu'on se tient compagnie. Et j'aime mieux lui donner à manger plutôt que de le voir ronger les livres.

— Pourquoi ne pas l'avoir…

— … tué ?

— Ben euh, oui, bredouilla Miguel.

— Tu connais l'effet du papillon ? dit le concierge s'adressant en fait aux deux garçons. Non ? C'est une expression inventée par un météorologue qui signifie que chaque action, même la plus anodine, peut avoir à long terme des conséquences colossales. Le battement des ailes d'un papillon au Brésil déclenche-t-il une tornade au Texas ? Ainsi, un battement d'ailes d'un papillon non pris en compte est peut-être celui qui entraînera de proche en proche une variation, exponentiellement multipliée par le temps écoulé, de conditions atmosphériques, un souffle d'air qui sera ressenti par un moineau. Ce moineau déviera de sa trajectoire et remarquera alors un insecte qu'il s'empressera de dévorer. À long terme, ce sera toutes les générations descendant de cet insecte qui seront condamnées, ainsi que les animaux qui s'en nourrissent, etc. Vous comprenez ? Quels pourraient être les effets de la mort de ce rat ?

Charles et Miguel n'étaient pas certains de bien saisir où l'homme voulait en venir. Pendant qu'il parlait, ils eurent le temps de mieux le détailler. Il était grand, longiligne, pas très vieux, de fines lunettes rondes cerclées d'une monture argentée, les cheveux commençant à se faire rares à l'avant, en broussaille, le visage maigre, les joues creusées, et ses yeux pétillaient alors qu'il étalait sa théorie.

— Vous n'êtes pas vraiment un concierge, hein ? répondit Charles en souriant, dubitatif.

— Ce que je suis vraiment ? Qui peut répondre à cette question sans se tromper ? Concierge, c'est mon emploi, ce qui me permet de payer mes factures.

— Pour parler comme vous parlez, vous n'avez pas toujours exercé ce métier, non ? ajouta Miguel.

— Pas toujours, non. J'ai bien sûr déjà été jeune comme vous, répliqua l'homme avec un sourire qu'il ne voulait pas malicieux. Je comprends le sens de votre question, d'autant que je dois vivre avec ce préjugé défavorable au quotidien. Personne ne prend au sérieux un concierge.

— Ce n'est pas ce que nous avons dit, avança prudemment Charles.

— Non, je sais. Simple constat général. Et quand je prends la parole, comme mon discours ne reflète pas l'idée préconçue que se font les gens de mon métier, je passe au mieux pour un doux dingue.

Charles percevait beaucoup de solitude chez leur interlocuteur, voire une certaine souffrance. « Pas étonnant qu'il ait un rat pour ami », se dit-il.

— On ne voulait pas vous offenser, dit Miguel avec tact.

— Pardonnez-moi, c'est ma faute. J'ai si peu l'occasion de converser avec des gens que j'ai dû en perdre un peu l'habitude avec ce travail de nuit. Pour tout vous dire, j'ai étudié en philosophie. J'avais cet emploi durant mes études, et comme les débouchés pour le métier de philosophe sont assez restreints, disons que j'ai conservé ce boulot. N'allez pas croire que je m'en porte plus mal, au contraire. Ça me donne suffisamment de temps libre pour lire, et quoi de mieux qu'une bibliothèque pour un passionné tel que moi !

Twan grignotait avec appétit son fromage sur l'épaule du concierge philosophe, pendant que ce dernier lui grattait affectueusement le cou et les oreilles.

— Si je comprends bien, commença Charles, vous n'avez pas tué le rat parce qu'il est devenu votre ami.

— Il serait peut-être plus juste de dire qu'il est devenu mon ami parce que je ne l'ai pas tué. En fait, je n'ai bien sûr aucune idée des sentiments que nourrit notre petit rongeur à mon égard, mais je sais que je suis certainement une source de nourriture pour lui, il y a donc au moins un échange de bons procédés. À défaut d'une amitié certaine.

— Et qu'est-ce que vous recevez en échange ?

— Le plaisir de l'étudier. Vous devriez voir le nombre d'ouvrages que j'ai dans mon bureau. Mes collègues n'aiment pas tellement que j'y accumule des piles de livres, mais bon. Le rôle et la symbolique du rat dans l'histoire de l'humanité sont assez fascinants. Est-ce que ça vous intéresse de voir ?

Ce qui intéressait surtout les deux amis, c'était Twan. Comme le rat ne quittait pas l'épaule du concierge, les garçons conclurent qu'accompagner l'homme était pour le moment la meilleure solution pour ne pas perdre l'animal de vue.

— Au fait, on ne s'est pas présentés. Moi, c'est Greg.

— Charles.

— Miguel.

— Venez, suivez-moi.

En route vers le bureau du concierge, Charles et Miguel se demandaient ce qu'il était advenu de leurs deux amis. Ils auraient bien voulu communiquer par la pensée avec eux, mais le philosophe au balai parlait tellement que se concentrer leur devenait difficile. Miguel réussit tout de même à informer Charles de l'escapade de Jacob à travers les grandes fenêtres de la façade, entraînant à sa suite les esprits en flammes des démons. Jacob avait été assez brave pour prendre sur lui l'attaque des trois adolescents, les éloignant du coup de ses héritiers. De combien de temps disposaient-ils avant le retour du trio infernal ? Impossible de le savoir. Jacob allait-il en sortir indemne? Quelque chose leur disait que oui. S'il avait pu survivre à travers les siècles à leurs multiples affrontements et autres persécutions diaboliques, leur ami trouverait sûrement le moyen de les vaincre une fois de plus. Du moins, c'est ce que Charles et Miguel espéraient. Sinon, sans Jacob, ils seraient bien démunis. Le combat serait plutôt inégal entre des jeunes, qui possédaient certes quelques dons, et des esprits millénaires aux pouvoirs maléfiques insoupçonnés.

— Saviez-vous que le rat est souvent associé aux maladies comme la peste ? demanda le concierge en ouvrant la porte de son bureau. Il apparaît dans certaines cultures comme une créature redoutable, voire infernale.

À ces mots, les garçons sursautèrent. Venaient-ils de tomber dans un guet-apens ? Quand le philosophe referma la porte, Charles ne put vraiment voir s'il l'avait verrouillée ou pas. Lorsque l'homme s'en éloigna, Charles fut soulagé de constater que la porte ne comportait qu'un genre de loquet au lieu d'une serrure à clé à l'intérieur. Même s'ils étaient enfermés, il leur serait aisé d'en sortir. La pièce était minuscule. Un bureau en bois au milieu, une lampe Tiffany posée dessus, dont le vitrail coloré procurait une lumière douce et chaleureuse qui éclairait de vieux bouquins empilés. Greg saisit un livre rouge aux caractères dorés sur une des piles posées sur la seule autre chaise le long du mur.

— Au Japon, par contre, le rat est le compagnon de Daikoku, le dieu de la richesse. En Sibérie et en Chine, on en fait aussi une interprétation semblable.

— Et vous, qu'est-ce que vous en pensez? demanda Miguel.

— Je sais que celui-ci, en grattant le cou de Twan, est très gentil, même s'il a la manie de grignoter les livres. En le nourrissant, je me suis dit qu'il allait cesser ce comportement. Mais c'est plus fort que lui, on dirait. Je ne sais pas, il est peut-être anxieux pour je ne sais quelle raison.

— Et si je vous disais que je sais pourquoi il agit ainsi, mais que jamais vous ne me croirez?

— Charles, voyons! On ne sait même pas si on peut lui faire confiance.

Miguel regretta aussitôt d'avoir prononcé ces paroles à haute voix plutôt que de les avoir communiquées par la pensée à son ami.

— Désolé, monsieur... bredouilla-t-il. C'est pas ce que je voulais dire. C'est juste qu'on ne vous connaît pas vraiment.

— Non, c'est vrai, répondit le concierge. Et moi non plus. Mais il y a une chose que j'aimerais bien connaître : la raison de votre présence dans la bibliothèque après les heures de fermeture.

On frappa à la porte.

*Les deux invités du moine parcouraient les manuscrits et les rouleaux de la bibliothèque d'Alexandrie. Des ouvrages disparus aujourd'hui. La femme regrettait de ne pas avoir pensé à apporter un appareil photo. Quelqu'un vint avertir le moine que le navire de Zénodote avait été aperçu entrant au port.*

*— Vous avez tous deux ce même sens de l'humour, cette loyauté et ce cœur noble, dit-il à l'homme. Je le revois tenter de s'interposer entre les démons et moi. Le chef bibliothécaire était au courant de ma malédiction. J'avais commis l'erreur de lui révéler le triste sort qui m'accablait. Au début, il n'en croyait pas un mot, un homme aussi guidé par la raison que lui, comme toi. Toutefois, après avoir été témoin de l'une de mes transformations, Zénodote avait fait en sorte que des animaux domestiques me soient offerts les soirs de pleine lune pour permettre ma survie. Les démons n'appréciaient pas que quelqu'un me vienne en aide. Ainsi, le soir fatidique, quand il décida, pour une raison que j'ignorais alors, de m'apporter lui-même le mouton dont j'allais boire le sang, les trois démons apparurent. J'ai vite deviné la raison de la présence de maître Zénodote ce soir-là. Il voulait combattre le trio infernal et me libérer de la malédiction. Érudit en tout domaine, le chef bibliothécaire avait fouillé les manuscrits pour découvrir*

*comment vaincre le trio diabolique. Bravant leurs menaces, Zénodote se mit à psalmodier un texte ancien en brandissant un objet étrange. Les esprits maléfiques s'en effrayèrent aussitôt et disparurent. La victoire fut cependant éphémère. Pour se venger de cet affront, les yeux rouges investirent les chefs d'une armée ennemie qui sonna la charge une fois de plus contre la bibliothèque, qui subit encore de lourds dégâts. Ces pertes matérielles n'étaient rien en regard de la perte de Zénodote, mort durant l'assaut. J'ai eu beau chercher, jamais je n'ai retrouvé l'objet étrange qui avait apeuré mes tortionnaires. Jusqu'à aujourd'hui.*

## 10

# Pris au piège

Qui pouvait bien venir frapper à la porte ? Greg semblait aussi surpris que les deux amis. Le concierge ouvrit la porte.

— Bonjour, Greg. Ah… Je ne savais pas que tu avais des visiteurs.

Charles et Miguel la reconnurent aussitôt. C'était Claire Latour, la bibliothécaire qui devait prendre en charge leur groupe la veille pour la visite de la bibliothèque. Timide derrière ses lunettes posées sur le bout de son nez, elle regarda les garçons, intriguée.

— Des visiteurs, oui, si on peut dire, répondit Greg.

— Je vous reconnais. C'est vous qui étiez hier sur le trottoir ? dit-elle.

— Oui, c'est nous, fit Miguel un brin embarrassé.

— Tu les connais ? dit-elle à Greg.

— Disons qu'on vient de faire connaissance.

— Ne me dis pas que ce sont eux ? demanda Claire.

— Eux qui quoi ? intervint Charles.

— Bien… Je ne veux vous accuser de rien, mais…

— Non, je ne crois pas que ce soit eux, coupa le concierge. Juste avant que tu frappes à la porte, ils allaient d'ailleurs me révéler quelque chose… N'est-ce pas ? dit-il à l'endroit des garçons.

Un instant plus tôt, Charles avait presque dévoilé au concierge philosophe la véritable identité du rat. Miguel se dit que si Charles voulait faire usage de son don de lire dans les pensées, le moment serait bien choisi. Pouvaient-ils faire confiance à cette jeune femme ? Les deux amis demeuraient étrangement silencieux.

— Vous comprenez que si vous ne me dites pas la raison de votre présence ici après les heures de fermeture, je serai obligé d'en référer aux autorités, dit Greg.

— Les autorités ? Qu'est-ce que vous voulez dire ? demanda Charles, inquiet.

— Vous n'allez pas appeler la police ? ajouta Miguel.

— La police ? Non. Mais les gardiens, oui. D'ailleurs, je me demande bien comment vous avez fait pour…

— Vous ne pouvez pas faire ça ! cria presque Miguel, soudain pris de panique.

L'idée de tomber entre les pattes des acolytes des démons ne lui plaisait pas du tout.

— Et pourquoi donc ? sourit le concierge.

— Greg, tu vois bien que ces enfants ont peur, s'interposa Claire, avec douceur.

Charles profita de cette ouverture pour lire dans les pensées de la jeune femme et ce qu'il y vit le rassura. Les garçons avaient probablement devant eux les deux personnes les mieux intentionnées qu'ils aient jamais rencontrées.

— Très bien, commença Charles. Je veux bien vous dire ce que nous faisons ici, mais vous ne nous croirez pas.

— Cause toujours, répliqua Greg avec amusement.

— Tu es sûr de ce que tu fais? demanda Miguel, inquiet.

— On verra...

Miguel n'aimait pas tellement cette réponse. Au fond, ils n'avaient pas vraiment le choix.

— Si je vous disais que votre ami le rat n'est pas vraiment un rat? dit Charles.

— J'en serais très étonné! répondit Greg en caressant le cou de l'animal. Il m'a bien l'air d'un rat, en tout cas.

— Et si je vous disais que je connais son nom?

— Ce rat est à vous? demanda Claire. Tout s'explique. Vous êtes venus le récupérer?

— D'une certaine façon, oui. Mais il n'est pas à nous.

— À qui appartient-il alors? dit la bibliothécaire en fronçant les sourcils.

— À personne, répondit Miguel.

— Je ne suis pas certain de vous suivre... dit le concierge, fort dubitatif.

— Depuis combien de temps avez-vous remarqué la présence du rat? demanda Charles.

Greg regarda Claire avant de répondre.

— Quelques semaines, je crois, hein?

— Oui, environ. Des usagers ont commencé à nous signaler des livres rongés par endroits. Puis, un soir, Greg a découvert le rat. Nous en avons discuté. Greg connaissait ma passion pour les animaux et il m'a parlé de son travail sur les mythologies entourant ce petit rongeur. C'est assez fascinant. Je venais d'ailleurs lui apporter un bouquin sur le sujet, tantôt. Bref, nous avons convenu de garder sa découverte secrète entre nous.

— Vous dites aussi qu'il y a des actes de vandalisme depuis peu ? nota Charles.

— Depuis... depuis quelques semaines aussi, je crois, répondit Greg en interrogeant Claire des yeux.

— Oui, c'est vrai, confirma-t-elle.

— Vous ne voyez pas le lien ? dit Charles triomphant presque.

— Ce n'est quand même pas le rat qui a brisé tout le matériel ! objecta le concierge. Il est trop petit pour ça.

— Non, et c'est là que ça devient intéressant.

— Et c'est là que vous ne nous croirez pas, ne put s'empêcher d'ajouter Miguel.

— Est-ce que je peux ? demanda Charles, qui voulait prendre le rongeur dans ses mains.

— Oui, oui.

Charles pensa qu'une démonstration vaudrait mieux qu'une explication. Twan au creux de ses paumes, le jeune garçon se concentra. Est-ce que son don lui permettrait de sonder l'esprit d'un animal ? Charles jouait gros en faisant ce pari. S'il ne réussissait pas, malgré toute sa bonne volonté de les croire, le concierge allait livrer les deux amis aux gardiens. Et qui sait ce qu'il adviendrait d'eux ensuite ? Les démons allaient-ils mettre leur menace à exécution et prendre leur âme ? Étaient-ils vraiment capables de pareil prodige ? À constater l'étendue des pouvoirs maléfiques du trio infernal, c'était bien possible.

Ses yeux plongés au fond de ceux du rat, Charles se trouva rapidement submergé de sensations diverses. Il éprouva de la peur, de la panique ainsi que de la faim. Charles était envahi par un flot de réactions confuses, des émotions animales primaires. Claire et Greg virent le jeune garçon secouer les narines et les lèvres à la manière d'un rongeur. Miguel se mit à craindre pour son ami. Le contact avec l'animal semblait être en train de le transformer. Tout cela faisait-il partie du plan des démons ? Allait-il assister impuissant à la métamorphose de Charles en rat, et par le fait même à la perte de son âme ? Miguel se rua sur son copain pour lui prendre le rat des mains, il lui fallait mettre fin à cette expérience tout de suite avant que les conséquences ne soient trop graves. Charles esquiva le coup et montra ses dents. « Trop tard », se dit Miguel. Quelle triste fin… Son meilleur ami allait se changer en rat sous ses yeux et il aurait laissé faire ça. En un éclair, Miguel entrevit sa vie assombrie par le lourd remords qu'il aurait sur la conscience. Jamais il ne se le pardonnerait.

— N'ayez crainte, votre ami va bien.

Ces mots provenaient bien de la bouche de Charles, mais il ne s'agissait pas de sa voix. La bibliothécaire et le concierge, ne sachant plus trop quoi penser, crurent à une mise en scène. Le garçon se jouait d'eux.

— Greg, je suis désolé de t'impliquer dans tout ceci, continua Charles avec des intonations qui ne lui appartenaient pas.

— S'il vous plaît, cessez cette comédie, dit sèchement le concierge.

— Ouvre ton livre bleu à la page 217.

— Pourquoi je ferais ça ?

— Fais-le, s'il te plaît, nous n'avons peut-être pas beaucoup de temps.

À contrecœur, Greg saisit son livre sur la mythologie hindouiste et l'ouvrit à la page désignée. La réaction du philosophe passa en un instant de la surprise à l'incrédulité.

— Non, franchement… Qu'est-ce que vous essayez de me faire avaler là ? dit-il en laissant retomber le bouquin sur le bureau.

Charles ne parut pas plus démonté pour autant.

— Miguel, peux-tu lire le passage de la deuxième colonne en partant du milieu ?

Curieux, Miguel se mit à lire à haute voix.

— « Dans la mythologie indienne, le *vâhana* est l'être ou l'objet qui sert de monture ou de véhicule à une divinité. En tant qu'adjoint de la divinité, le *vâhana* a pour fonction de redoubler ou de dédoubler ses pouvoirs. Le rat Mûshika, monture de Ganesh, est capable de se glisser dans les moindres interstices et de venir à bout des obstacles les plus résistants. C'est aussi Mûshika qui, sans jamais se faire remarquer, porte les bénédictions de la divinité dans chaque recoin de l'esprit. »

— Lis le dernier paragraphe, coupa Charles.

— « L'origine de Mûshika est racontée de mille manières dans les traditions populaires. On dit que, lorsque Ganesh était encore enfant, une souris gigantesque se mit à terroriser tout son entourage. Ganesh l'attrapa avec son lasso et fit d'elle sa monture. Mûshika était à l'origine un *gandharva* ou musicien céleste. Ayant eu le malheur de marcher par mégarde sur les pieds du *rishi* Vâmadeva… »

— « … il dut subir sa malédiction et fut transformé en rat[1] », acheva Charles. Est-ce que vous comprenez ?

1. Définition de *vâhana* selon l'encyclopédie libre Wikipédia.

Moment de silence.

— Vous essayez de me faire croire que ce rat est une sorte de divinité ou quoi ? dit Greg dans un rire nerveux.

Charles parut soudain épuisé, son teint devint livide, ses jambes vacillèrent. Claire le saisit par les épaules et l'aida à s'asseoir. Le rat sauta des mains du garçon pour atterrir sur le bureau. Debout sur ses pattes arrière, l'animal tournait sa tête en direction de chacun comme s'il attendait une réaction de leur part.

— Charles, ça va ? demanda Miguel, angoissé.

— Qu'est-ce qui est arrivé... ?

Personne n'eut le temps de répondre : la porte du bureau s'ouvrit et les deux gardiens apparurent. Ils tenaient Andréa et Vincent par le bras.

## 11

# Catastrophe

Vincent et Andréa avaient l'air piteux. Ils s'étaient fait capturer comme de vulgaires amateurs. En coupant le courant, Andréa avait cru qu'ils posséderaient alors un avantage grâce à son don de vision nocturne. Comment avait-elle pu oublier que les grands édifices disposaient nécessairement d'un système d'éclairage d'urgence en cas de panne? Ce n'était pas dans ses habitudes de ne pas tout bien considérer avant d'agir. L'énervement avait cette fois eu le dessus sur la réflexion. Les gardiens n'avaient pas eu de mal à se diriger dans cette semi-clarté. Leur premier réflexe avait été le bon devant le manque d'électricité à l'intérieur de la bibliothèque. Constatant qu'à l'extérieur ce n'était pas le cas, ils avaient conclu qu'il devait s'agir d'un acte de la part des jeunes et avaient rapidement pris le chemin du local électrique. En tournant au coin du corridor, voyant la porte apparemment ouverte, les deux gardiens espérèrent que les responsables soient encore sur place. Advenant le cas, cela leur serait facile de leur bloquer le chemin. Aucune issue possible, le local électrique était situé au fond du corridor, dans un cul-de-sac.

En entendant des pas, Andréa et Vincent restèrent figés un moment. Ils se regardèrent, convenant que la seule chose à faire était de se sacrifier pour la réussite de la mission. Gagner du temps pour donner à Charles le plus de chance possible de retrouver Twan. Quand le gros chauve et le petit au visage de serpent se plantèrent dans l'embrasure de la porte, les deux amis n'eurent pas beaucoup de choix. Comment livrer bataille aux deux sbires en ignorant si leurs adversaires possédaient des dons particuliers ou pas, sans même connaître leur degré d'acoquinement avec les trois démons ? Vincent ne doutait pas de sa force. Il la sentait encore vive et active. Défoncer une porte était une chose, se bagarrer avec des envoyés du mal en était une autre. Pourtant, dans l'urgence de la situation, pour le bien de la mission, pour protéger sa copine Andréa, Vincent était prêt à faire face et à défendre chèrement sa peau. Sentant son camarade sur le pied de guerre, Andréa fit les premiers pas. À aucun prix elle ne voulait que son bon ami Vincent risque sa vie. La négociation avec l'ennemi lui parut plus sage. Cela permettrait, espérait-elle, de retarder suffisamment les gardiens et de donner ainsi à Charles le temps d'accomplir sa mission.

— Bravo, messieurs, vous nous avez retrouvés ! Comment avez-vous fait si vite ? Vraiment, c'est tout un exploit, dit-elle.

Les gardiens n'étaient pas d'humeur à la flatterie.

— Où est l'autre ? dit sèchement le plus corpulent des deux.

— L'autre ? Quel autre ? demanda Vincent.

— Me prends pas pour un imbécile, jeunot.

— Ouais, sinon on a des méthodes pour arriver à vous faire parler, si vous voyez ce que je veux dire, ajouta le petit maigre.

À ce qu'il considérait comme une invitation à discuter de façon plus musclée, Vincent s'avança en se frottant le poing droit dans sa main gauche.

— Vous voulez qu'on parle... Très bien, j'adore « échanger ».

Surpris par l'audace du jeune garçon, le gardien voulut aussitôt répliquer, mais comme il avançait vers Vincent, son pied heurta la porte arrachée gisant au sol. Son regard se porta ensuite sur le cadre de porte défait. Il comprit que celui qui avait pu faire ça devait posséder une force hors du commun. Il rangea alors sa répartie cinglante dans un coin de sa bouche.

— Nous sommes entre gens civilisés... Il y a toujours moyen de s'entendre, n'est-ce pas ?

Avant que la situation ne dégénère, Andréa précéda son ami.

— Mais bien sûr, si tout le monde y met du sien, hein, Vincent ?

— Si tu le dis, répondit Vincent en se calmant un peu.

— Si vous commenciez par nous dire où est votre petit copain ? répliqua le gros chauve.

— Monsieur L'Étoile, c'est ça ? demanda Andréa.

— Oui.

— Je peux vous appeler Fernand ?

— On perd du temps, là.

— Bon, très bien. Vous voulez savoir où est notre ami ? demanda-t-elle.

— Exact.

— Honnêtement, ce n'est pas qu'on ne veuille pas vous aider, mais on n'en a vraiment aucune idée.

Les deux gardiens toisèrent les deux jeunes. Disaient-ils vrai ? Au fond, il se pouvait bien que oui. Ils avaient vu ces deux-là foncer sur eux et l'autre prendre la fuite. Les jeunes n'avaient probablement pas eu la chance de communiquer entre eux, à moins qu'ils aient convenu d'un lieu de rencontre en cas de pépin, se dirent-ils. Mais ce qu'ils ignoraient, de toute évidence, c'était la présence de leur quatrième ami, Charles. Le collier le rendant invisible aux gens infestés par le mal fonctionnait. Cela confirmait aussi à quel genre d'individus Andréa et Vincent avaient affaire.

— Admettons qu'on vous croie…

— Mais c'est la stricte vérité, monsieur L'Étoile ! déclara théâtralement Andréa.

— Oui, oui… coupa le gros chauve, un rien exaspéré. Maintenant, je vais vous donner le choix. Soit nous appelons la police, et elle se chargera du travail, avec tout ce que cela implique pour vous… Soit vous nous aidez à retrouver votre ami.

— Pour qu'ensuite vous appeliez tout de même la police ?

— Non. C'est justement le marché que je vous propose.

Andréa et Vincent se consultèrent du regard. Ils n'avaient pas grand-chose à perdre. Il leur suffirait de les aider à retrouver Miguel, pendant que Charles de son côté accomplissait la mission.

— Vous nous promettez de ne pas appeler la police par contre ? dit Vincent.

— Promis… répondit le plus petit des deux gardiens.

Les deux jeunes aventuriers ne faisaient pas du tout confiance aux gardiens. Ils leur emboîtèrent tout de même le pas, mais sans la moindre intention de faciliter leurs recherches, bien au contraire. Quelle ne fut pas leur surprise lorsqu'ils frappèrent à la porte du concierge et virent leurs deux camarades en compagnie d'un homme et de la bibliothécaire ! Plus étonnant encore fut de voir le rat se faufiler aussitôt entre leurs jambes. Charles avait réussi à retrouver Twan, mais à cause d'eux, se dirent-ils, voilà qu'il filait.

— Tiens, tiens, comme on se retrouve… nargua le petit maigre.

— Maurice ? Qu'est-ce que vous faites avec ces enfants ? demanda la bibliothécaire, surprise.

— Ce serait plutôt à moi de vous poser la question.

Pour éviter tout imbroglio, Charles avait prestement retiré le collier de Jacob. Il savait qu'il se rendait ainsi visible aux yeux des gardiens. Mais cela lui éviterait de révéler le pouvoir du collier à ses ennemis. Greg et Claire pouvant le voir, comment Charles aurait-il pu justifier que les gardiens ne le puissent pas sans dévoiler son secret ? Valait mieux conserver cet avantage et utiliser le collier dans une situation plus opportune.

— Pas besoin de s'emporter pour si peu, commença Greg. Il s'agit d'un simple malentendu.

— Malentendu ? dit Fernand en fronçant les sourcils. À quel sujet ?

— Vous croyez avoir enfin attrapé nos petits vandales, alors que ces enfants sont ici pour récupérer quelque chose qui leur appartenait.

— Et qui vient malheureusement de s'enfuir à votre arrivée, ajouta Claire, qui comprenait le jeu du concierge.

— Mais de quoi vous parlez? répliqua Maurice, irrité.

— Mon ami, dit Charles en désignant Miguel, a adopté un rat il y a quelques semaines. Il ne s'en séparait jamais. Nous sommes venus à la bibliothèque avec son animal caché dans son sac à dos. Je sais, nous n'avions pas le droit. Mais bon, on trouvait ça rigolo.

— Et je l'ai perdu, continua Miguel, saisissant l'histoire de Charles au rebond.

— Nous sommes venus à quelques reprises essayer de le retrouver, mais sans succès.

— On a alors pensé venir le soir, quand il n'y aurait personne pour l'effrayer, ajouta Andréa en se mêlant à la discussion. C'est pour ça que nous avons coupé l'électricité. C'est bien connu, les rats sortent la nuit.

Les deux gardiens regardaient tout ce beau monde uni derrière cette explication abracadabrante et pas peu fier de son récit. Le gros chauve se gratta à l'endroit où les cheveux lui manquaient.

— Vous nous prenez pour des imbéciles?

— C'est l'histoire la plus idiote que j'aie jamais entendue, ajouta son collègue.

— Pourtant, c'est bien pour ça que vous devez nous croire, répondit Charles, très assuré. On n'inventerait pas un truc comme ça si ce n'était pas vrai.

— Et elle est où, votre bestiole, là? Envolée comme par magie quand nous sommes arrivés?

— Elle vous a filé entre les pattes, Fernand. Vous ne l'avez pas remarquée en arrivant, trop surpris que vous étiez, je suppose, suggéra Claire.

— Je veux bien vous croire, Claire, mais c'est bien parce que c'est vous, une bibliothécaire respectée. Je ne comprends pas ce que vous faites à traîner avec ce concierge… mais bon, c'est vous que ça regarde.

— C'est vrai, ça. Je lui ferais pas trop confiance si j'étais vous, ajouta Maurice.

— Si on ne montre pas à un vieux singe comment faire des grimaces, coupa Greg, courroucé, je me demande bien ce qu'on pourrait vous montrer à vous, bande de…

— Messieurs, voulez-vous bien cesser vos enfantillages ? intervint Claire. Fernand, Maurice, je vous remercie de vous inquiéter pour moi. Et Greg, franchement, tu vaux mieux que ça.

Penauds, les trois hommes avaient l'air d'enfants qu'on dispute.

— Comme Greg le disait, poursuivit Claire, il s'agit d'un malentendu. Je l'ai prévenu d'ouvrir l'œil pour le rat, et dès qu'il l'aura retrouvé, on le rendra à son propriétaire. Ça vous va ?

— Désolé, mademoiselle Latour, mais s'il y a un rat dans la bibliothèque, nous allons être obligés de faire un rapport. On enverra une équipe de dératiseurs, c'est le mieux qu'on puisse faire.

— Peut-être ne le tueront-ils pas s'ils sont gentils, dit narquoisement Maurice.

La situation se corsait. La bande des quatre savait bien qu'une équipe de dératiseurs ne ferait pas dans la dentelle. Si ces gens efficaces localisaient Twan, ils l'empoisonneraient à coup sûr. Leur seule chance était de savoir à quel moment de la journée les exterminateurs allaient se présenter. Tôt le matin, Twan aurait probablement recouvré sa forme humaine. Tard le soir, par contre…

— À quel moment les dératiseurs vont-ils venir ? demanda Charles. On pourrait se joindre à eux et les aider ?

— C'est bien gentil de ta part, dit le petit maigre avec un sourire malicieux, mais on ne peut pas prévoir quand l'équipe va passer. Bientôt, sans doute.

— Très bientôt… ajouta son collègue. Et on ne voudrait pas que vous manquiez l'école pour si peu.

De toute évidence, les gardiens ne collaboreraient pas une seconde avec les quatre amis. Pourquoi le feraient-ils d'ailleurs ? N'étaient-ils pas des suppôts des démons ?

— En parlant de faire un rapport, commença le gros chauve, il va nous falloir appeler…

— Vous aviez promis ! cria Andréa.

— … vos parents, conclut Fernand.

— On avait promis de ne pas appeler la police, mais pas vos parents, dit le petit maigre, narquois.

Les jeunes pensèrent tous la même chose : catastrophe.

# 12

# Astaroth

Avant de partir, à l'insu des gardiens, Claire avait glissé sa carte de visite dans la poche arrière du pantalon de Charles. Une façon de dire : gardons le contact. Est-ce que ça voulait dire qu'elle avait cru leur histoire ? Peut-être bien. Les garçons l'avaient suffisamment intriguée en tout cas pour qu'elle leur laisse un moyen de la joindre. Quant à Greg, sa façon de les défendre auprès des gardiens lui avait fait gagner leur sympathie. Ils allaient sûrement se revoir, pensèrent-ils. Pour l'instant, une chose les préoccupait. Leur ami Jacob était-il sorti indemne de sa confrontation avec les démons ? Sur le quai, en attendant le métro, Charles passa un coup de fil chez son copain. Le bougre était en train de s'empiffrer de biscuits au chocolat et avait la bouche trop pleine pour venir au téléphone, annonça sa mère. Rassuré, Charles raccrocha en souriant et en informa ses amis. Debout dans le wagon de métro qui les ramenait à la maison, les autres jeunes aventuriers avaient la mine basse malgré la bonne nouvelle. Les nombreux usagers entassés les uns sur les autres ne faisaient pas attention à eux alors qu'ils réfléchissaient aux conséquences de l'appel téléphonique qu'avaient reçu leurs parents. Ils avaient bien songé un moment à donner un faux numéro aux gardiens, mais à quoi bon ? Dans leur empressement, aucun des quatre amis n'avait pensé à la possibilité de se faire prendre. Il n'y avait pas de plan B. Maintenant, ils devraient faire face à la colère parentale. Chacun s'attendait à une punition selon le degré de sévérité de ses parents. Miguel avait déjà l'impression que ses oreilles bourdonnaient sous l'assaut des tirades réprobatrices proférées en espagnol par sa mère. Heureusement pour lui, se disait-il, son père, ancien joueur de football au tempérament bouillant, était en voyage d'affaires. Andréa se ferait encore reprocher par son père de traîner avec des garçons peu recommandables. Pourquoi ne s'intéressait-elle pas aux chanteurs à la mode, aux beaux vêtements, comme les filles « normales » de son âge ? implorerait sa mère. Vincent serait une fois de plus comparé à son brillant frère, studieux, jamais un faux pas. Sa mère reviendrait sur ses résultats scolaires anémiques. Son père ne dirait pas un mot, comme d'habitude, mais Vincent sentirait sa gêne. Son père serait plus compréhensif, ayant lui-même eu une enfance turbulente avant de prendre le droit chemin du fier policier qu'il était devenu. Charles, lui, ne savait pas trop à quoi s'attendre. Ses parents adoptifs n'étaient pas des plus démonstratifs. Comme s'ils avaient toujours conservé une certaine retenue. Bien sûr, son père et sa mère l'aimaient et étaient fiers de ses bonnes notes et de ses exploits sportifs, mais cela se traduisait rarement en paroles. Depuis qu'il possédait le pouvoir de lire dans les pensées, même s'il avait promis de ne pas s'en servir à des fins personnelles, Charles s'était permis certaines entorses à cette règle. Et, au fond, ça avait été une bonne chose. Cela l'avait rassuré de lire l'amour, quoique timide, de ses parents. Le manque de réaction face aux « folies » qu'il commettait parfois, comme disait son père, l'intriguait. Alors que ses camarades l'enviaient d'avoir des parents si peu sévères, lui s'en inquiétait. Ses parents étaient d'honnêtes travailleurs, peu instruits, mais fiers. Sa mère travaillait dans une manufacture de vêtements et son père était laveur de vitres le jour, et souvent, le soir et les fins de semaine, il lavait les planchers dans des centres commerciaux. Leur philosophie de la vie était simple. Chacun doit faire ses propres expériences, tracer son propre chemin. C'est parce qu'ils faisaient pleinement confiance à leur fils qu'ils n'intervenaient pas trop dans ses choix. Son père et sa mère se souciaient plutôt de lui apporter soutien et réconfort. Cela faisait de Charles un jeune garçon plus libre que la plupart des autres enfants, responsable de ses actes.

Une fois Charles arrivé à la maison, c'est donc sans réelle surprise qu'il constata que ses parents ne le gronderaient pas. Bien sûr, il dut fournir des explications de sa présence à la bibliothèque après les heures de fermeture. Charles raconta presque la vérité. Un ami avait perdu son rat et ses copains et lui avaient voulu le récupérer. Ne pas dire toute la vérité n'était pas un mensonge, songea Charles pour calmer sa conscience. Comme prévu, il en alla tout autrement de ses copains. Andréa et Miguel se retrouvèrent privés de sortie pour les deux semaines suivantes. Vincent bénéficiait d'une liberté surveillée, il pouvait sortir, mais devait téléphoner chaque heure pour indiquer où il était.

Comment poursuivre leur mission dans de telles conditions ? Charles et Vincent auraient pu continuer de leur côté, mais cela leur était impensable. Ils formaient un groupe uni, c'était leur force. Si seulement ils possédaient le don d'ubiquité ! Quel beau fantasme ! Avoir à portée de main un double de soi. Cela fit tout de même réfléchir Charles. L'idée était presque saugrenue, le truc si éculé qu'au fond cela avait des chances de marcher.

Le plus difficile allait être de faire sortir Jacob. Sa chambre, située au premier, donnait sur celle de sa mère qui ne manquerait pas d'entendre son fils descendre les marches. Malgré son handicap, il pouvait se déplacer, mais difficilement, surtout dans des escaliers. Non pas qu'il avait besoin d'aide pour y arriver, mais sa façon de marcher en claudiquant, une jambe plus lourde que l'autre, ferait sûrement du bruit et tirerait sa mère de son sommeil léger. Heureusement, Vincent avait une solution. Sa force ajoutée à l'agilité de Miguel et au don de vision nocturne d'Andréa permettrait à Jacob de descendre sans bruit pendant que Charles serait aux aguets et surveillerait les pensées d'Irène si jamais elle venait à s'éveiller.

Enfin, dans chacune des maisons de la bande, tout le monde dormait. Après avoir soigneusement fabriqué des mannequins à l'aide d'oreillers en trop et de vêtements roulés stratégiquement pour correspondre à une personne couchée dans leur lit, sans bruit chacun gagna l'extérieur. Le groupe s'était donné rendez-vous à quelques maisons de chez Jacob, histoire de ne pas se faire repérer si jamais la mère de Jacob était encore debout.

Une fois réunis, vérification faite, ils pouvaient procéder à la phase deux de leur plan. Sur le côté de la maison, à l'abri des regards, Vincent hissa Miguel sur ses épaules. Andréa grimpa ensuite sur ses deux amis pour se retrouver sur les épaules de Miguel. La force de leur ami Vincent ne cessait de les étonner : droit comme un chêne, il supportait sans broncher, apparemment sans effort, le poids de ses deux amis. Andréa était alors assez haut pour atteindre la corniche de la fenêtre de la mère de Jacob et s'y asseoir. Grâce à son don, elle voyait dans la pénombre une forme allongée dans le lit. En souriant, elle espérait qu'Irène n'était pas aussi espiègle qu'eux et qu'il s'agissait bien d'elle sous les draps et non d'un mannequin. Entendant ses pensées, Charles la rassura en lui indiquant que son radar n'indiquait aucune activité mentale autre que celle de Jacob qui les attendait dans sa chambre. Miguel grimpa alors au mur de la maison et atteignit le rebord de la fenêtre du jeune handicapé. Tout sourire à l'idée de cette escapade nocturne, Jacob s'agrippa à Miguel du mieux qu'il put. Miguel était certes agile, mais il n'avait pas la force de son ami Vincent. Il craignit un moment de ne pouvoir supporter le poids de Jacob. Vincent se précipita aussitôt sous eux en ouvrant les bras, prêt à les attraper si jamais ils chutaient. Ce ne fut heureusement pas nécessaire et Miguel rejoignit la terre ferme, son colis bien posé sur son dos.

— Où on va? demanda Jacob, pétillant.

— À la cabane, répondit Charles. On sera à l'aise pour discuter. J'ai déjà laissé des sacs de couchage là-bas. On aura chaud, mais pas question d'y passer la nuit. Il faut qu'Andréa et Miguel soient de retour chez eux avant le lever du soleil.

— Parfait. Allons-y. J'ai des tas de choses à vous dire sur les démons.

— Et moi ? lança en pensée Andréa, qu'on avait oubliée sur la corniche.

— Saute, dit Vincent en ouvrant les bras.

— T'es fou !

— Fais-moi confiance.

— Pas question. J'aime mieux me fier à moi et descendre par mes propres moyens dans ce cas.

Fière, Andréa entreprit prudemment sa descente lorsque au milieu son pied glissa. Incapable d'assurer sa prise, elle pendait par les mains.

— Attrape-moi, dit-elle en se laissant choir.

— Tu vois que tu peux me faire confiance, dit Vincent, taquin, en la déposant au sol.

— J'étais presque rendue de toute façon, répliqua-t-elle avec orgueil. Mais… merci quand même.

Leur cabane se situait au centre de ce qu'ils appelaient le champ Rosemont, un boisé touffu, en plein quartier résidentiel. Toutes sortes de rumeurs entouraient ce lieu, la plupart colportées par des parents ne voulant pas que leurs enfants aillent y jouer. C'était dangereux. Un évadé de prison y aurait déjà trouvé refuge. Un patient de l'hôpital psychiatrique Louis-Hippolyte-Lafontaine en cavale aussi. Ces ragots faisaient bien l'affaire de la bande. Peu de gens se risquaient à pénétrer dans leur fief. La cachette idéale pour des braves comme eux. L'entrée du bois ne se voyait pas vraiment de la rue. Pour l'œil averti, un sentier se dessinait à travers l'épais feuillage des arbres. S'assurant que personne aux alentours ne les surveillait, les cinq amis s'engouffrèrent dans le bois, devenant aussitôt invisibles aux regards extérieurs. Vincent prit Jacob sur son dos, puis tous grimpèrent tour à tour au grand érable menant à leur repaire.

Jacob avait attendu d'être à la cabane avant de raconter son aventure avec les démons. Ses amis commençaient à le connaître, il adorait les faire languir. Ses héritiers, bien emmitouflés dans leur sac de couchage, avaient les yeux braqués sur Ambrosius, alias Jacob.

— Allez, raconte, s'impatienta Vincent. Comment tu as fait pour t'en sortir?

— Je savais que je les aurais à l'usure, ce n'était pas la première fois. Eux aussi auraient dû s'en douter, mais aveuglés par leur orgueil, ils m'ont néanmoins suivi. Je les ai entraînés dans les hauteurs, et à un moment, ils ne pouvaient plus me rejoindre. Les démons sont trop attachés à la Terre, trop lourds pour la quitter. Le Bien est plus léger que le Mal. Passée une certaine altitude, ils perdent de leurs pouvoirs maléfiques. Sans cette protection, ils deviennent vulnérables. J'espérais seulement les avoir emmenés suffisamment loin pour vous donner le temps d'agir avant leur retour.

— On ne les a pas revus, en tout cas, dit Charles.

— Tant mieux, parce que vous auriez pu tomber sur bien pire, répondit Jacob, plein de mystère.

— Pire! s'exclama Miguel.

— Qu'est-ce que tu veux dire? demanda Andréa.

— Il y a une raison à la présence des démons à la Grande Bibliothèque.

— À cause de Twan, on le sait, dit Vincent.

— Non, justement, dit Jacob. Sans le savoir, mon vieil ami Twan s'est fourré dans le ventre de la bête. Twan a pour habitude de trouver refuge dans les bibliothèques du monde. Il a cette fois eu la malchance de se retrouver dans un édifice qui abrite le repaire d'un démon très puissant,

Astaroth. Celui-là même qui a déjà capturé mon esprit et qui a tenté de me faire naître avec leur part d'ombre à l'aide d'un incube.

— Mais… ça n'existe pas les démons, dit candidement Andréa.

— Comme l'a dit un poète : « C'est l'une des plus subtiles ruses du malin que d'avoir incité ceux qu'il tourmentait à douter de son existence… »

— C'est qui, cet Astaroth ? demanda Charles.

— Généralement, il se montre sous l'apparence d'un petit homme au nez crochu et aux dents tordues, le menton enfoncé et une barbe clairsemée, il tient à la main droite une vipère. Son corps dégage une odeur si nauséabonde et si pénétrante que les adorateurs qui l'invoquent doivent porter dans le nez un anneau magique qu'Astaroth leur fournit. Il apparaît souvent chevauchant un serpent géant appelé Ganga Gramma, qu'il considère comme sa mascotte. Astaroth adore posséder des personnes innocentes et pures ou faire du mal pour le simple plaisir de confondre les hommes. Beaucoup pensent qu'il les considère comme de simples jouets et s'amuse avec eux jusqu'à ce qu'il s'en lasse. Normalement, à ce moment, il les détruit. Ses manœuvres pour arriver à ses fins ne sont jamais directes, mais au contraire toujours tortueuses et sournoises.

— Et qu'est-ce que cet Astaroth fabrique à la Grande Bibliothèque ? questionna Miguel.

— C'est là que les choses se compliquent… Il appert que loin sous la bâtisse coule l'un des fleuves de l'Enfer, le Léthé, auquel les âmes défuntes doivent boire pour accéder à l'oubli du monde des Enfers avant de se réincarner sur

Terre. C'est de cette eau qu'Astaroth m'a fait boire avant de me projeter dans le corps de ma mère. Tel était son plan : me faire oublier ma mission et me convertir au côté sombre. Mais si Astaroth peut se baigner dans ce fleuve sans en être affecté, il aurait dû savoir qu'il en irait de même pour moi. Pas toujours malins, les démons…

— Pourquoi dis-tu que les choses se compliquent ? demanda Charles.

— Parce que c'est lui, Astaroth, le responsable de la malédiction de Twan, et c'est aussi lui qui me pourchasse. Et cette fois, je crois bien qu'il voudra en finir avec nous deux. Malheureusement, pour libérer Twan, il faudra nécessairement affronter Astaroth. Je ne sais pas si vous êtes prêts à cela, et moi non plus.

*Le moine et ses deux amis partirent à pied vers le port pour aller accueillir Zénodote. En marchant, l'homme lui demanda si quelqu'un d'autre avait été au courant de sa malédiction.*

*— Heureusement, non. Mais tout comme avec les gardiens de sécurité, les démons avaient utilisé le même subterfuge. Les esprits malins soufflent leurs directives à l'oreille de victimes réceptives. Celles-ci les accomplissent croyant agir au nom de leur bonne conscience. Les pauvres gens infestés par le mal ont l'impression d'écouter la petite voix qui nous habite tous. Alors qu'au contraire les murmures incessants des démons l'enterrent. Ce n'est plus que cacophonie dans leurs esprits. Ces personnes obéissent au concert des ordres diaboliques et battent la mesure comme des soldats de plomb, jouets des désirs. Une fois lassés, les démons précipitent ces gens dans la folie. Je revois Arkilos, le cousin de Zénodote, un soldat pourtant aguerri, s'arracher les cheveux et des bouts de peau. Il disait répondre aux ordres du maître de garnison. Ce dernier avait beau lui répéter qu'il n'en était rien, Arkilos ne pouvait s'en empêcher. Les démons sont des êtres retors, ils ont le don de choisir les bonnes personnes. Arkilos était un bon ami avant tout ça. Puis, un jour, il a changé. Je ne comprenais pas pourquoi. Il était constamment là à m'épier au détriment de son travail. Par je ne savais quelle magie, il avait*

*réussi à convaincre ses supérieurs que j'étais un espion, pire, que je pactisais avec des forces sombres. En un sens, Arkilos avait raison, mais c'était malgré moi. Tout comme lui, au fond. Sauf que moi, j'en étais conscient. Pauvre Arkilos. À cette époque, on pensait que la folie pouvait être contagieuse. Il a été envoyé sur une île, parmi les lépreux. Est-ce qu'aujourd'hui les démons m'ont fait une faveur en investissant ces gardiens de sécurité plutôt que toi, mon ami ? dit-il à l'homme. Ou bien les deux gardiens n'étaient-ils pour eux que des amuse-gueules avant de s'attaquer à ces jeunes enfants venus me délivrer ?*

# 13

# Infesté

Pendant une bonne partie de la nuit, la bande des quatre avait écouté Jacob raconter les méfaits des démons. Il leur avait expliqué comment fonctionnait l'Enfer, la hiérarchie démoniaque. Astaroth était un des grands-ducs. Il commandait plusieurs légions de soldats infernaux. Astaroth avait dû subir le courroux de son maître pour être ainsi envoyé en exil. Le fait qu'il se retrouve loin de son armée ne laissait rien présager de bon. Jacob devinait que son retour sur Terre avait dû grandement irriter les supérieurs d'Astaroth. Il avait en quelque sorte failli à sa tâche en laissant échapper Ambrosius, le véritable nom de Jacob. Astaroth allait sûrement chercher à se venger. Seule manquait la façon dont il allait s'y prendre. Jacob n'osait en parler franchement, mais il avait peur que ses amis soient les prochaines cibles de ce grand-duc de l'Enfer. Il ne pouvait envisager de retourner lui-même affronter Astaroth sur son terrain. Jacob conservait des traces de son passage dans le territoire sombre. Comme une tache d'encre sur une page blanche, son esprit avait été en contact avec le Mal. La seule victoire d'Astaroth : désormais Jacob portait en lui ce poids de l'ombre contre lequel il devait lutter. Son esprit n'était plus pur. Si jamais Jacob devait retourner en Enfer, il doutait cette fois de pouvoir en ressortir. Astaroth aurait alors beau jeu de lui faire boire l'eau du Léthé, le fleuve de l'oubli, et de faire ainsi disparaître sa mission de sa mémoire.

Astaroth était un démon puissant. Pour qu'il puisse établir ses quartiers sous la Grande Bibliothèque, il fallait que le lieu recèle un passé trouble. À leur connaissance, les jeunes n'avaient jamais entendu parler d'histoires affreuses entourant le site. Charles songea alors à Claire Latour, la bibliothécaire qui lui avait laissé sa carte de visite.

— Si quelqu'un est au courant de ce genre de choses, c'est sûrement elle. Je vais l'appeler et on verra bien.

Avant le lever du jour, ce dimanche matin, Andréa et Miguel regagnèrent leur domicile, ni vus ni connus. Vincent avait eu la permission d'aller dormir chez Jacob. Quand ses parents avaient téléphoné chez Jacob pour vérifier son histoire auprès de la mère de son ami, c'est Jacob qui avait répondu, prétextant que sa mère prenait son bain et prévoyait se coucher tôt, de ne pas lui en vouloir si jamais elle ne les rappelait pas : elle s'était plainte d'un violent mal de tête et disait être très fatiguée… Comment ne pas croire un jeune garçon handicapé ? Les parents de Vincent voyaient d'un bon œil le fait que leur fils s'occupait de Jacob, un peu comme une bonne œuvre. Si seulement ils savaient ! Vincent raccompagna Jacob et l'aida à réintégrer sa chambre par sa fenêtre avant de rentrer chez lui. Quand Charles revint à la maison, ses parents étaient déjà partis. Sa mère avait laissé un mot disant qu'elle était allée reconduire son père au travail et qu'elle allait profiter de la voiture pour aller visiter sa sœur qui habitait la banlieue. Après un petit déjeuner rapide, Charles attendit que les heures passent avant de téléphoner chez Claire Latour. Finalement, vers dix heures, jugeant qu'il s'agissait là d'une heure convenable pour téléphoner chez les gens un dimanche matin, il composa le numéro de la bibliothécaire. Elle répondit après seulement deux sonneries.

— Bonjour Claire, j'espère que je ne vous dérange pas, c'est Charles Montembeault.

— Oui, j'espérais que tu m'appelles.

— Ah oui ? Et pourquoi donc, du nouveau ?

Après une pause, comme si elle cherchait les bons mots, elle dit :

— Disons que votre histoire de rat nous a pas mal turlupinés.

— Dans quel sens ?

— Dis-le-moi franchement : est-ce que tu nous as joué la comédie hier ? Tu étais vraiment « possédé » par l'esprit de ce rat ? C'était véritablement lui qui parlait à travers toi ?

— J'aimerais vous répondre oui, assurément. Pour dire vrai, je n'ai aucune preuve pour vous convaincre de me croire. D'un autre côté, inventer une telle histoire, une telle mise en scène, ce serait un peu ridicule de ma part, je crois.

— Des garçons à l'imagination débridée, ça existe. Tu ne serais pas le premier à forger de toutes pièces un scénario impossible à croire, justement pour qu'on y croie. Le fait que tu me téléphones, par contre, cela est pour moi un indice de ta bonne foi. Si tu nous avais raconté des mensonges, jamais tu n'aurais cherché à entrer en contact avec moi, je suppose.

À moins que tu possèdes un esprit vraiment retors, j'ai donc tendance à penser que toi, du moins, tu y crois.

— Et pas vous?

— J'aimerais bien, mais…

— Ça vous semble impossible, c'est ça.

— Greg paraît vous croire, lui. Et c'est ce qui me fait douter. Nous avons discuté longuement après votre départ. C'est vraiment un charmant garçon sous ses dehors bizarres. Je ne le connaissais pas beaucoup, comme ça, entre collègues de travail, un bonjour, sans plus. Il m'a montré tous ses livres sur les rats. Vraiment fascinant. Je ne savais pas que nous avions un concierge philosophe. Je croyais juste que c'était un type qui s'intéressait aux rats, sans plus. Enfin, bref, Greg m'a montré un vieux bouquin sur la démonologie. Et on y parlait entre autres de malédictions, de métamorphoses. Selon lui, si on en croit le bouquin, votre histoire est tout à fait plausible. Moi, je ne suis pas tellement versée en ce qui concerne le paranormal et ces choses-là. Je trouve ça instructif, j'aime apprendre de nouvelles choses. Mais quant à y croire, c'est une autre affaire.

— Au moins, votre porte est ouverte, dit Charles, un peu déçu, mais tout de même heureux de constater que la bibliothécaire ne rejetait pas totalement sa version.

— Ma porte est ouverte, comme tu dis.

— Alors, est-ce que… est-ce que je pourrais en profiter pour vous demander un service?

— Si je peux t'aider.

— Voilà, ça va vous sembler bizarre, mais est-ce que vous savez des choses sur le site de la Grande Bibliothèque?

— Qu'est-ce que tu veux dire? demanda-t-elle, intriguée.

— Bien… savez-vous s'il y a eu des incidents étranges, disons, pendant sa construction ?

— Étranges ? Non, pas que je sache. On a bien découvert des vestiges de la colonie, mais ça arrive souvent quand on doit creuser profondément.

— Quel genre de vestiges ? s'enquit Charles.

— Les trucs habituels, je crois, poteries, ustensiles.

— Vous êtes certaine qu'il n'y avait rien d'inhabituel ? insista-t-il.

— Inhabituel, je ne sais pas, mais on a retrouvé quantité de crucifix et autres reliques religieuses. En ces temps-là, c'était plutôt normal. Tu cherches quoi, au juste ?

Charles ne savait pas s'il devait faire pleinement confiance à la bibliothécaire. Bien sûr, il avait brièvement sondé son esprit la veille et n'y avait vu que de bonnes intentions. Le problème n'était pas là. Claire Latour se disait ouverte d'esprit, mais le serait-elle suffisamment pour croire qu'un fleuve de l'Enfer coulait en plein sous son lieu de travail ? Le garçon en doutait un peu. Néanmoins, il devait obtenir des informations et elle était la meilleure source dont il disposait.

— Admettons que vous me croyez, dit-il. Ce que je cherche à savoir c'est si, dans un passé plus ou moins lointain, il ne se serait pas produit des événements troubles sur le site de la Grande Bibliothèque.

— Comme quoi, par exemple ? demanda-t-elle, ne comprenant pas trop où le jeune garçon voulait en venir.

— Des meurtres, des sacrifices…

— Oh, là là ! fit la bibliothécaire, surprise. On s'amuse ferme chez vous, dit-elle, un brin ironique.

— Vous avez raison, j'aurais peut-être plutôt dû m'adresser à Greg… dit Charles, contrarié.

— Non, attends un peu, excuse-moi. Je ne voulais pas me moquer. Écoute, laisse-moi faire des recherches et je te rappelle, ça te va ?

— Vous allez vraiment le faire ? dit-il, dubitatif.

— Pour me faire pardonner.

Charles sentait le sourire dans sa voix, elle était sincère.

— Bon, très bien. Dans combien de temps pouvez-vous me revenir avec cette information ?

— Quelques heures, tout au plus, peut-être moins. Je peux consulter les archives de chez moi par Internet.

Charles n'avait pas envie de tuer le temps tout seul dans l'attente de renseignements qui allaient peut-être s'avérer capitaux pour la suite de leur aventure. Il téléphona aux membres de la bande et les invita chez lui. Peu de temps après, ses amis se présentèrent à sa porte. Miguel et Andréa avaient prétendu à leurs parents qu'ils allaient faire des devoirs importants en compagnie de leurs camarades. Aussitôt arrivé, Vincent appela ses parents pour leur dire où il était. La surveillance parentale était serrée. Heureusement, ils avaient l'habitude. En attendant le coup de téléphone de Claire, les jeunes firent des recherches sur Internet de leur côté. Les parents de Charles avaient acheté un vieil ordinateur à peine suffisant pour jouer à de vieux jeux vidéos, mais encore fort utile pour naviguer sur la toile. Ils consultèrent des sites traitant de démonologie et n'apprirent pas grand-chose des élucubrations distillées par les auteurs. Leur ami Jacob en savait nettement plus sur le sujet. Puis, ils concentrèrent leurs recherches sur les pages d'archives de la ville. La plupart des liens intéressants renvoyaient à des sites sécurisés exigeant un mot de passe et réservés aux abonnés privilégiés. Probablement le genre d'endroit auquel Claire avait accès mais pas eux. Ne voyant pas le temps passer, ils furent surpris lorsque le téléphone sonna. Déjà, se dirent-ils. En fait, cela faisait plus de deux heures qu'ils naviguaient sur Internet.

— Bonjour Charles, j'ai des informations, mais elles risquent de vous décevoir, annonça Claire. Il faut dire que je n'y ai pas consacré beaucoup de temps, et je pourrais toujours continuer, mais les archives sont peu loquaces de toute façon.

— Dites toujours, fit Charles.

— Pas de meurtres sanglants ni de sacrifices, comme tu l'espérais peut-être. Il ne semble pas y avoir eu de morts comme tels sur le site, mais on a trouvé des corps ensevelis.

— Un cimetière ! jubilait presque le jeune garçon.

— Pas vraiment. Ce n'était pas rare à l'époque d'enterrer les gens à même la propriété.

— Rien d'intéressant, donc, dit-il, un peu déçu.

— Oui et non. Un détail. On a exhumé les quelques cadavres et on les a tous retrouvés portant des crucifix la tête en bas dans leurs mains. Les crucifix n'étaient pas la seule chose à l'envers. Étant donné l'état de décomposition avancée des corps, on a même retrouvé des têtes détachées, gisant aux pieds des dépouilles. C'était dans la description, sans plus, pas un fait extraordinaire, étant donné que les cercueils ont été passablement bougés pour l'exhumation. Mais pour l'histoire qui nous préoccupe, j'ai pensé que cet élément vous intéresserait.

— Ouais, bon... Eh bien, merci quand même, Claire, dit Charles avec une voix dépitée.

— Désolée de ne pas avoir trouvé ce que vous cherchiez.

— Ça ne fait rien.

— Voulez-vous que je poursuive les recherches malgré tout ? dit-elle.

— Non, merci, je ne crois pas que ce sera nécessaire.

Après les politesses d'usage, le garçon raccrocha. Ses amis, qui avaient seulement entendu les réactions de déception de Charles durant la conversation, s'étonnèrent tous lorsqu'ils le virent bondir de joie.

— Qu'est-ce que t'as ? demanda Andréa.

— Qu'est-ce qui se passe ? ajouta Miguel.

Charles se calma un peu.

— En fait, je ne devrais pas être content du tout.

— C'est ce que tu avais l'air de dire à Claire, en tout cas, dit Vincent.

— Je voulais qu'elle ne se doute de rien, déjà qu'elle a découvert pas mal de choses.

Ses trois camarades étaient suspendus à ses lèvres.

— On l'a, notre histoire de passé trouble. Vous vous rappelez la page qu'on a visitée tantôt sur les sorciers ? Les cadavres qui ont été découverts sur le site de la Grande Bibliothèque ont été exactement enterrés selon la tradition : tête coupée et crucifix à l'envers dans les mains !

— Euh... Suis-je le seul à voir que ce n'est pas précisément une bonne nouvelle ? dit Vincent, plutôt inquiet.

# 14

# L'entraînement

Les jeunes héritiers se rendirent aussitôt chez Ambrosius. Leur ami les attendait dans sa chambre. Charles n'eut même pas le temps de l'informer de leur découverte. À voir son visage grave, il devina que leur camarade savait déjà. Maintenant, restait à savoir ce qu'il en pensait et les implications que cela comportait pour eux.

— Des sorciers, hein ? murmura Jacob dans leurs têtes.

— Tu savais ? dit Charles, empruntant la même voie de communication.

— Disons que je me doutais de quelque chose du genre. Ça risque de compliquer encore plus les choses. Non seulement vous allez devoir affronter l'un des démons les plus puissants, mais aussi, probablement, les esprits de ces sorciers adorateurs d'Astaroth.

— Leurs esprits ? demanda Andréa. Je n'ai rien vu de tel à la bibliothèque en tout cas.

— Non, dit Jacob, parce qu'ils résident maintenant auprès de leur maître, attendant ses ordres. La manière dont ils ont été enterrés révèle qu'ils ont perpétré un rituel avant de mourir, offrant leur dernier souffle à Astaroth. Ce qui les rend plus sournois que de simples démons, ce sont leurs pouvoirs magiques. En Enfer, ceux-ci leur sont bien inutiles, mais s'ils arrivent à s'incarner de nouveau, leur séjour infernal aura décuplé leurs pouvoirs. Et c'est bien la faiblesse de notre plan.

— Qu'est-ce que tu veux dire ? demanda Vincent, inquiet. Quel plan ?

— Astaroth détient un objet qui permettrait d'annihiler la malédiction de Twan. Il vous faudra vous rendre en Enfer pour le récupérer.

— Quoi ! fit la bande des quatre en chœur.

— Pas question ! s'exclama Vincent. Je ne veux pas mourir !

— C'est vrai, Jacob, ce que tu nous demandes là est impossible, dit Charles.

— En principe, pour accéder à l'Enfer, oui, on doit mourir, répondit Jacob. Mais il existe un autre moyen.

— Un autre moyen ? Lequel ? demanda Andréa, intriguée, mais pas rassurée pour autant.

— C'est drôle, j'ai pas envie de le savoir, moi, dit Vincent qui n'entendait pas à rire.

Soudain, Jacob se plaça au centre du groupe, sans un mot. Son air sérieux laissait croire qu'il allait révéler une chose grave. Au lieu de ça, il leva les mains au-dessus de sa tête comme s'il venait d'attraper un gros ballon, pour ensuite les ramener presque jointes à la hauteur de sa poitrine. De ses paumes, les quatre amis virent une vive lueur émaner. Puis, une sphère lumineuse fit son apparition au centre de ses doigts, comme si elle flottait. Après un moment, Jacob referma sa main droite sur la boule de lumière pour l'emprisonner. Andréa savait, elle, ce que venait d'accomplir Jacob, elle en avait déjà été témoin. Il avait capturé le temps qui passe.

— Qu'est-ce qui arrive?... dit Miguel, hébété.

Plus rien ne bougeait, comme si toute forme de vie se trouvait désormais suspendue. Juste devant la fenêtre ouverte de la chambre, une tourterelle était figée en plein vol, les ailes déployées. Le bruit du vent dans les feuilles du gros arbre près de la fenêtre avait cessé. On pouvait même voir des grains de poussière soudain immobiles se refléter dans les rayons du soleil perçant à travers la vitre.

— Soyez sans crainte, dit calmement Jacob. J'ai simplement arrêté le temps.

— Simplement! ne put s'empêcher de s'exclamer Vincent.

— J'ai eu la même réaction, moi aussi, la première fois, sourit Andréa.

— Je ne peux contrôler le phénomène pendant une longue période, dit Jacob. C'est pourquoi je vous demanderai de réserver vos questions après la séance.

— La séance? Quelle séance? demanda Charles.

— Je vais devoir vous enseigner comment voyager hors de votre corps. C'est la seule autre façon de pénétrer en Enfer sans perdre la vie.

— Mais voyons... tout ça est impossible... marmonna Vincent encore éberlué.

— On n'a vraiment pas beaucoup de temps devant nous, alors je vous répète de mettre de côté votre étonnement et de surtout bien écouter mes consignes. Je répondrai à toutes vos interrogations par la suite, si vous le désirez. J'ai arrêté le temps de façon à ne pas attirer l'attention des démons. Hors du temps, ils ne peuvent savoir ce que nous fabriquons. Espérons que cela sera suffisant pour constituer un élément de surprise. Pour l'instant, il est primordial que vous soyez pleinement concentrés. D'accord ?

— Oui, oui… désolé. J'en reviens juste pas, dit faiblement Vincent, dépassé par les événements.

— Si je comprends bien, dit Charles à Jacob, ce que tu t'apprêtes à nous apprendre comporte une bonne part de risque ?

— Exact. Un risque, oui, mais calculé. Vous avez tous été témoins de ma présence à la Grande Bibliothèque sans que mon corps, lui, soit sur place. C'est ce que vous allez accomplir. Quand je parle de risque calculé, il faut aussi le prendre au sens littéral. Comme vous êtes des débutants, vous ne pourrez voyager hors de votre enveloppe corporelle que pendant un laps de temps bien déterminé.

— Combien ? demanda Andréa.

— Une heure tout au plus, répondit Jacob. C'est court, je sais. Mais souvenez-vous comment le temps se déroulait à une autre vitesse sous terre chez les Nomaks. En Enfer, c'est un peu la même chose. C'est aussi l'un des dangers, outre l'endroit lui-même, bien sûr. Aucune montre ne vous indiquera la durée de votre séjour dans ce monde infernal. Mentalement, vous devrez tenir le décompte des minutes. Tout en restant concentrés sur votre objectif, qui est de subtiliser le talisman à Astaroth. C'est un être sournois et fort rusé. Il vous faudra l'être encore plus que lui et ses sbires.

Si, dans le désert, les voyageurs épuisés et assoiffés arrivent à voir d'imaginaires oasis, attendez-vous à pire de la part de ce démon. Sa force de persuasion et d'évocation est grande, redoutable, mais il n'est pas impossible d'y résister si vous ne perdez pas de vue le but de votre mission. Il tentera de vous soumettre à toutes sortes de tentations, fera apparaître vos pires frayeurs devant vous. Même si tout cela vous semblera bien réel, rappelez-vous qu'il n'en est rien. Vous devrez lutter contre vos sens qui ne sauront pas convenablement interpréter ce qui leur sera présenté.

— Super... En route pour Disney World, version infernale, dit Vincent pour détendre l'atmosphère.

— Sauf que votre tour de manège n'aura rien d'un jeu, rabroua Jacob, habituellement si prévenant. D'autant plus que je soupçonne Astaroth de vouloir se servir de l'esprit des sorciers qui lui sont dévoués.

— N'as-tu pas dit que leurs pouvoirs étaient justement inutiles en Enfer ? fit remarquer Charles.

— Oui, mais j'ai aussi dit que si ces sorciers parvenaient à s'incarner, leurs pouvoirs s'en trouveraient alors décuplés. Ainsi, lorsque votre esprit sera en Enfer, vous serez à l'extérieur de votre corps. Ce dernier sera sans protection. Si des esprits maléfiques essaient de s'en emparer, vous ne pourrez pas revenir du monde d'Astaroth.

Si jamais il y avait eu l'ombre d'un sourire sur le visage des quatre amis, avec cette dernière affirmation de Jacob, il avait maintenant complètement disparu. Pendant un moment, chacun des membres de la bande sondait en lui-même son désir d'accomplir cette mission, avec tous les dangers qu'elle comportait. Chacun évaluait sa jauge de courage. La vision de l'Enfer que leur présentait leur ami dépassait tout ce qu'ils avaient pu imaginer. Non, ce n'était pas un lieu où on faisait rôtir sur des charbons ardents ceux qui avaient mal agi sur Terre. C'était un endroit où les esprits faibles se faisaient entraîner malgré eux pour servir de jouets à des êtres surnaturels fourbes et retors. Dans quel but, à quel dessein ? Aucun des jeunes n'aurait su le dire. Mais avant de s'engager plus loin dans cette mission, il y a une chose qu'ils devaient savoir, une chose que Jacob avait gardée secrète. Du regard, Charles put observer que ses camarades pensaient tous à la même chose.

— Jacob, avant d'accepter cette mission, avant de risquer nos vies, tu dois nous révéler une chose. Quel est donc ce secret si important pour que Twan désire sacrifier son existence afin de le protéger ?

Jacob ne parut pas décontenancé par la question de Charles. Il savait bien qu'il ne pourrait y échapper. Il lui restait à déterminer ce qu'il pouvait leur dire sans les mettre plus dans le pétrin qu'ils ne l'étaient déjà, sans les exposer encore plus aux forces obscures de ce monde. Il devait satisfaire leur questionnement qui était bien plus que de la simple curiosité, mais un élément fondamental pour leur engagement.

— Je conçois que de vous demander de risquer vos vies sans savoir pourquoi est impensable, injustifiable. Et je sais aussi que, même si je ne vous révélais pas la teneur du secret des Dzoppas, vous seriez malgré tout prêts à aller en Enfer pour sauver la vie d'un homme. Les héros sont de cette étoffe.

À ces mots, les quatre amis ne purent s'empêcher de ressentir une chaleur bienfaisante, un sourire éclaira leurs visages.

— Mais ici, il s'agit encore plus que de la vie d'un homme, poursuivit Jacob. Twan a caché durant toutes ces centaines d'années le secret des Dzoppas au péril de son existence. Je vais consentir à votre requête, sans vous en donner tous les détails. Vous comprendrez que ce n'est pas le genre de mystère qu'on révèle pour faire taire la curiosité.

Jacob marqua une pause, façon de faire sentir à ses amis que ce qu'il s'apprêtait à leur communiquer était grave. La tension dans l'air était palpable.

— Depuis des millénaires, les Dzoppas sont un peuple de voyageurs. Ils explorent les confins des multiples galaxies, repoussant les limites de leurs connaissances de l'univers. Ces éminents scientifiques consignent leur savoir depuis des temps immémoriaux. Au fil de leurs observations, ces érudits ont acquis suffisamment de connaissances pour comprendre la naissance des planètes. Leurs compétences dans le domaine sont si avancées qu'ils ont réussi à en schématiser un modèle. Les Dzoppas détiennent le secret de l'apparition de la vie.

— Wow… ne put s'empêcher de dire Vincent, médusé. C'est énorme !

— Non seulement les Dzoppas savent lire dans les arcanes de la création, mais ils possèdent aussi le moyen de faire naître la vie sur un astre mort. Comme toute médaille a son revers, l'inverse est aussi possible : annihiler toute vie sur une planète vivante. Imaginez alors ce qui arriverait si un tel secret venait à tomber entre les mains des démons. Vous comprenez maintenant pourquoi je vous demande d'aller en Enfer pour sauver Twan.

Cette révélation fit l'effet d'une explosion dans l'esprit des quatre amis. Si une tonne de briques leur était tombée sur la tête, elle n'aurait pas eu plus d'effet qu'une plume, tellement ils étaient frappés de stupeur. Leur cerveau avait peine à fonctionner. Finalement, Charles sortit de sa torpeur.

— D'accord, Jacob. Montre-nous comment sortir de notre corps.

Maintenant que les jeunes intrépides saisissaient pleinement l'enjeu de leur mission, ils feraient tout leur possible pour l'accomplir. Jacob se coucha par terre et demanda à ses camarades de l'imiter.

— Fermez les yeux. Au début, cela fonctionne comme un exercice de visualisation. Vous avez tous probablement déjà eu l'impression de tomber lorsque vous sortez rapidement d'un rêve juste avant de vous éveiller. Peut-être même avez-vous déjà fait l'expérience de voler dans un rêve. C'est un peu ce que nous allons tenter de recréer. Concentrez-vous sur votre nombril. Sentez toute l'énergie de votre corps et focalisez-la dans votre ventre. Pensez à vos cheveux et à vos orteils en même temps, comme si une énergie coulait de ces deux extrémités le long d'un canal dont le point d'origine serait le milieu de votre ventre. Le sentez-vous ?

— Je ne suis pas certaine, dit Andréa.

— C'est normal, répondit Jacob. Pour l'instant, concentrez-vous pour ressentir toute la vie dans votre corps, des pieds à la tête. Ensuite, imaginez que toute cette puissance cherche un moyen, un trou pour sortir. Et que le seul endroit où il est possible de sortir soit votre nombril. Une fois que vous aurez l'impression de vous être regroupé autour de votre nombril, songez à un voilier sur le point de hisser les voiles. D'abord, jetez l'ancre au fond de vous-même, puis, tel un grand mât pointant à l'extérieur de votre ventre, soyez la voile qui se tend pour prendre la mesure du vent. Maintenant, ouvrez les yeux.

— Mais, mais… balbutia Vincent.

— C'est incroyable… murmurèrent Charles et Miguel.

— Je rêve? se demanda Andréa, et vous êtes tous dedans?

— Bravo mes amis! s'exclama Jacob. Je savais que je ne me trompais pas en vous choisissant, vous êtes tous remarquablement doués.

— Mais… on vole! dit Charles, franchement étonné.

— Je vois nos corps couchés par terre! dit Andréa.

— Est-ce qu'on est morts? s'inquiéta soudainement Vincent.

— Non, répondit Jacob. Vous voyez le fil d'argent qui vous relie à votre nombril? Tout comme le cordon qui relie un enfant à sa mère dans son ventre, c'est votre point d'ancrage. N'ayez crainte, ce fil ne peut se rompre. Faites seulement attention à ne pas vous emmêler dans celui des autres. Nous allons effectuer un vol d'essai. Songez tous à un même endroit précis, disons la cabane dans le bois Rosemont. Prêts?

En un instant, à la vitesse de la pensée, Jacob et les quatre amis se retrouvèrent au sommet du grand érable qui abritait leur cabane.

— Voyez comme votre fil d'argent est tendu, fit remarquer Jacob. Cela vous indique la limite au-delà de laquelle vous ne pouvez pas encore aller. C'est normal pour un premier voyage. Plus vous compterez d'heures de vol, plus le fil gagnera en élasticité et plus vous pourrez parcourir une grande distance. Par contre, nous ne disposons pas d'assez de temps pour cela. C'est pourquoi, pour votre prochaine envolée, votre point de départ devra être le sous-sol de la Grande Bibliothèque : aux portes de l'Enfer, en amont du Léthé, le fleuve de l'oubli.

Chacun réintégra alors son corps dans la chambre de Jacob. En ouvrant les yeux, les quatre amis virent Jacob laisser s'échapper de ses mains la boule lumineuse. Le temps revint.

# 15

# Aux portes de l'Enfer

Le dimanche, la bibliothèque fermait ses portes à dix-sept heures. Charles et ses amis espéraient cette fois compter sur l'aide de Greg pour leur faciliter l'entrée après les heures de fermeture. Le concierge leur était apparu sympathique à leur cause, enclin à croire leurs explications au sujet de son ami le rat, alias Twan. Allait-il encore prêter foi à leurs dires lorsqu'ils lui parleraient des démons, de leur chef Astaroth et du fleuve infernal qui coulait en plein sous la bibliothèque ? Serait-il disposé à les aider quand ils lui exposeraient leur plan de sortir de leurs corps ? Eux-mêmes avaient peine à accepter tout ce qui leur arrivait. Comment pourraient-ils faire avaler cette histoire à quelqu'un qui n'était pas du tout concerné ? De toute évidence, les jeunes aventuriers allaient devoir fournir des preuves de ce qu'ils avançaient. Mais voilà, lesquelles ? Twan leur semblait être la clé de l'énigme. Si ce dernier, métamorphosé en rat, pouvait encore s'exprimer par l'entremise de Charles et raconter son aventure plus en détail, peut-être cela suffirait-il à persuader Greg.

Mieux encore, si les quatre copains pouvaient trouver Twan avant sa transformation et faire assister Greg aux effets de sa malédiction, cela achèverait sûrement de le convaincre.

Maintenant, comment entrer en contact avec le concierge sans se faire prendre par les gardiens, qui, les jeunes n'en doutaient guère, seraient sûrement à l'affût de leur présence à la bibliothèque ? Charles possédait un avantage, le collier magique de Jacob. Lui seul pouvait se faufiler dans la bibliothèque sans risquer de se faire voir par les sbires infestés par le Mal.

Charles fut donc chargé de contacter le concierge philosophe pendant que ses amis l'attendraient dans le parc adjacent à la Grande Bibliothèque, histoire de ne pas se faire repérer par les gardiens. Où pouvait se trouver Greg ? Le jeune garçon songea à son bureau au sous-sol comme point de départ pour sa recherche. Alors qu'il allait descendre les marches, quelle ne fut pas sa surprise de tomber sur Twan !

— Twan ! Qu'est-ce que vous faites là ? Vous n'êtes pas…

— Non, la transformation a lieu seulement au coucher du soleil. J'ai encore un peu de temps. Tu cherches Greg, c'est ça ?

— Oui. Je suis tellement content de vous voir, vous n'avez pas idée. Il y a tellement de choses à dire, je ne sais pas par où commencer.

— Un long voyage débute par un premier pas, répliqua sagement l'homme d'Alexandrie.

Excité, Charles lui résuma alors leur aventure. Il lui parla des démons, des esprits de sorciers, du fleuve de l'Enfer, d'Astaroth qui détenait une sorte de talisman permettant de le délivrer.

— Oui, j'ai déjà vu cette chose, dit Twan. Je croyais qu'elle était perdue à jamais. Mon maître Zénodote s'en était servi pour combattre les démons. Mais dans la bataille qui a suivi, l'objet a disparu. Probablement qu'il a été récupéré d'une manière ou d'une autre par ces forces maléfiques. Et tu dis que ce talisman serait en possession de ce grand-duc de l'Enfer ?

— Selon Jacob, en tout cas.

— Jacob ?... Tu veux dire Ambrosius ?

— Vous connaissez son nom véritable ? s'étonna le garçon.

— Mais bien sûr. Tout le monde au monastère savait quelle était la véritable identité de celui que tu prénommes Jacob.

— Sa véritable identité... Vous voulez dire que vous êtes au courant du secret de son origine ?

— Ce n'était pas un secret, à l'époque du moins, répondit Twan. Ambrosius est le gardien de l'équilibre.

— De l'équilibre ? Qu'est-ce que ça signifie ? dit Charles dont la curiosité venait d'être piquée à vif.

— J'imagine que s'il ne vous en a pas parlé, c'est qu'il doit avoir ses raisons, répondit l'ancien bibliothécaire d'Alexandrie.

Bien que cette information au sujet de son ami Jacob le tracassât, Charles décida d'en faire abstraction pour le moment. Il ne fallait pas dévier de leur mission.

— Bon, peu importe, dit-il, on verra ça avec lui plus tard. Pour l'instant, essayons de retrouver Greg.

— Je ne voudrais pas impliquer Greg dans tout ça. J'ai déjà vu ce que ces démons peuvent faire subir à un homme, dit tristement Twan.

— C'est malheureusement le seul moyen, je crois. Nous avons besoin de lui.

À son corps défendant, devant l'évidence, l'homme d'Alexandrie accepta la brève explication du jeune garçon, songeant qu'avec Ambrosius dans les parages le destin de chacun pouvait être différent.

Heureusement, ils n'eurent pas à chercher Greg bien longtemps. Il se trouvait dans son bureau en train de lire l'un des nombreux vieux bouquins empilés sur sa table de travail. La porte étant ouverte, Charles frappa doucement pour attirer son attention. Levant les yeux de son livre, Greg sourcilla en voyant Twan. Manifestement, il ignorait de qui il s'agissait.

— Tiens donc, si ce n'est pas Charles. Tu nous amènes un visiteur ?

Charles ne savait pas comment présenter la chose au concierge sans se perdre dans de longues explications. Il décida d'aller droit au but.

— Greg, je vous présente Twan, votre ami le rat.

— Enchanté, monsieur le rat, pouffa Greg.

— Vous ne me croyez pas ? dit Charles.

— Le devrais-je ? susurra le concierge. Ce monsieur m'a l'air plutôt grand pour être un rat. À moins qu'il ne s'agisse d'un surnom ? Ce qui ne serait pas très gentil, je crois, dit-il en souriant.

Charles se tourna alors vers l'ancien bibliothécaire.

— Twan…

— Greg, est-ce que vous pouvez me donner vos mains, s'il vous plaît ?

— Vous voulez lire mon avenir dans les lignes de ma main ? fit narquoisement le concierge.

— Non, Greg. Nous allons plutôt lire dans mon passé.

Joignant le geste à la parole, Twan saisit les mains de celui qui était son seul compagnon quand il était métamorphosé en rat. Après un moment, Greg écarquilla grand les yeux. Charles ne comprenait pas ce qui lui arrivait. Lui qui semblait si calme et si serein un instant plus tôt ! Le concierge avait le visage d'un homme en train de subir une électrocution. Mais qu'est-ce que Twan fabriquait ? Son sourire dévoila des canines prononcées, ses yeux fixaient intensément ceux de Greg. Ses yeux… rouges ! Cet homme n'était plus Twan ! Vite, il fallait faire quelque chose, mais quoi ? C'est alors que Twan grimaça de douleur et que dans un ultime effort il murmura à l'adresse de Charles :

— Le collier…

Comprenant enfin ce qui arrivait, Charles passa le collier magique de Jacob autour du cou de Twan. On entendit un rire sardonique alors que la lueur rougeâtre de ses yeux disparut. Un démon avait pris possession du corps de Twan.

— Greg, ça va ? demanda Charles.

Pour toute réponse, il obtint un hochement de tête. Visiblement, le concierge était encore secoué, mais tiré d'affaire.

— Twan, qu'est-ce qui est arrivé ?

— Je crois que tu le sais, répondit-il en tentant de reprendre lui aussi ses esprits. Un autre de ces tours dont nos amis les démons ont le secret.

À ces mots, Greg sursauta.

— Des démons ? dit-il, en retrouvant sa vigueur.

Sentant que cette expérience lui avait probablement ouvert l'esprit, et qu'il était donc certainement disposé à le croire davantage, Charles demanda à Greg de s'asseoir.

— Greg, je vais vous raconter pourquoi nous sommes ici. Ne me posez pas de questions, ne m'interrompez pas. Après, ce sera à vous de juger si vous voulez nous aider ou pas, d'accord?

Charles récupéra son collier, puis, en n'omettant aucun détail, le jeune aventurier entreprit le récit de leur fabuleuse épopée, commençant par leur rencontre avec Jacob, en passant par leur voyage sous terre chez les Nomaks, parla du rôle des démons et des gardiens de sécurité dans leur histoire, pour ensuite conclure avec le destin de Twan et sa terrible malédiction. Il lui expliqua aussi comment ils devaient sortir de leur corps pour se rendre en amont du fleuve Léthé, coulant sous la bibliothèque. Charles sauta par-dessus le secret des Dzoppas, jugeant que Greg n'avait pas à être encore plus impliqué qu'il ne l'était déjà, pensant ainsi peut-être l'épargner du courroux des démons si le concierge n'était pas au courant.

— Voilà, conclut le jeune garçon. C'est pourquoi nous avons besoin de votre aide. Mes amis et moi devons aller en Enfer récupérer cet objet magique qui délivrera Twan. Et pour ce faire, nous avons besoin que vous nous ouvriez les portes du sous-sol après la fermeture.

— Et tu espères que je vais croire tout ça? dit Greg, dépassé par le récit qu'il venait d'entendre. C'est une belle histoire, bravo, mais tu ne me donnes aucune preuve.

— Et les yeux rouges de Twan tantôt, le rire? objecta le garçon.

— Quels yeux rouges, quel rire?

Greg avait l'air sincère. Peut-être que la transe à laquelle il avait été soumis avait effacé des choses de sa mémoire,

Charles n'en avait aucune idée. Alors qu'il allait répliquer, Twan fut envahi par des contractions. La métamorphose débutait. Sous le regard ébahi du concierge, Twan fut pris de convulsions. Son corps s'agitait et se crispait dans tous les sens. Une fois la transformation achevée, en lieu et place de Twan, un rat s'y trouvait.

— Ben ça alors ! dit Greg, éberlué. Ça, c'est une preuve !

Le petit rongeur se mit debout sur ses pattes arrière et couina en tournant la tête en direction de chacun. Greg se pencha et ramassa l'animal. Puis, il lui donna un morceau de fromage en lui grattant le cou.

— Désolé, Twan, je ne devrais pas vous gratter le cou comme ça, c'est l'habitude.

Pour toute réponse, le rat vint se percher sur l'épaule de son ami le concierge, heureux de grignoter sa nourriture.

— Tu crois qu'il nous comprend quand même ? demanda Greg.

— Assurément, répondit Charles. Alors, allez-vous nous aider ?

— Que dois-je faire ?

Ils convinrent de laisser aller Twan. Il serait sûrement plus en sécurité dans l'une de ses cachettes qu'avec eux. Greg entraîna le jeune garçon dans les entrailles de la bâtisse au niveau le plus bas, sous le stationnement. Il déverrouilla une porte qui menait à un vaste conduit d'aération, assez grand pour y tenir debout, et donna une clé à Charles.

— Va jusqu'au bout, tu trouveras une échelle. Elle t'amènera vers l'extérieur, sous une grille d'une bouche d'aération dans le parc. Tes amis et toi pourrez emprunter ce chemin. Je vous attendrai ici.

La grille était fermée à l'aide d'un cadenas. Charles se servit de la clé de Greg et poussa la grille. À quelques pas de là, assis sur un banc, ses trois amis le virent surgir. Charles leur fit signe de le suivre. Surpris, ses camarades le rejoignirent et s'engouffrèrent à sa suite dans le tunnel.

— Tu as trouvé Greg, si je comprends bien, dit Andréa.

— Oui, et Twan aussi. Vous auriez dû voir sa tête quand Twan s'est transformé en rat sous ses yeux.

— Hein ! s'exclamèrent ses copains en chœur.

— Venez, je vous raconterai en route.

Au lieu de rendez-vous, Greg ne s'y trouvait pas. Charles s'inquiéta. Était-il tombé aux mains des démons ?

— Attendez-moi ici, je reviens, ordonna Charles.

Étonnés par son attitude, ses amis obéirent tout de même, non sans se poser des questions.

— Où il va comme ça, vous croyez ? demanda Vincent.

Personne ne répondit. Anxieux, ils demeurèrent aux aguets. Ils n'eurent pas à attendre longtemps. Charles revint avec le concierge accompagné de Claire Latour. La bibliothécaire lut la surprise dans le regard des jeunes aventuriers.

— Greg ne voulait pas être seul à veiller sur vos corps pendant votre séjour en Enfer, dit-elle sur un ton dubitatif. Enfin, c'est ce qu'il a eu le temps de me dire. À vrai dire, je crains plus pour sa santé mentale que pour vous.

— C'est une cartésienne, dit Greg en souriant. Elle ne nous croit pas.

À ce moment, au centre de la bande des quatre, l'esprit de Jacob se matérialisa. Ses amis ne s'étonnaient presque plus de ses apparitions spectaculaires. Il en alla tout autrement pour Greg, mais surtout pour Claire, qui parut franchement effrayée. Malgré sa crainte, elle tenta de rationaliser.

— C'est un truc, c'est ça?... bredouilla-t-elle.

— Ces enfants ont vraiment des pouvoirs fantastiques, Claire. Tu me crois, maintenant? dit Greg, convaincu.

— Désolé de vous effrayer, mademoiselle Latour, dit Jacob. Nous aurons bien le temps de faire connaissance. Pour l'instant, mes amis ont une mission à accomplir.

Comme ils avaient appris à le faire plus tôt chez Jacob, les aventuriers se couchèrent par terre contre le béton froid du sous-sol. Ils fermèrent les yeux et se concentrèrent sous le regard ahuri du concierge et de la bibliothécaire. Seuls les quatre amis se virent voler au-dessus de leurs corps apparemment endormis, reliés par un fil d'argent. Suivant les indications de Jacob, ils songèrent tous à leur destination : l'Enfer.

# 16

# Pavé de mensonges

« Quel endroit lugubre », se dirent les quatre amis. Devant eux, telle une nappe d'huile, bordée au loin de murs de pierres, reposaient les eaux sombres et tranquilles du Léthé, le fleuve de l'oubli. Jacob les avait bien avertis de ne pas s'en approcher, sinon ils perdraient toute mémoire et risqueraient de finir leurs jours ici-bas. Les lieux étaient faiblement éclairés par de gros rochers rougeoyants telles d'immenses braises et, çà et là, par des allées et des trous de lave bouillonnante. Les jeunes aventuriers avaient l'impression d'être sous un volcan qui pouvait entrer en éruption à tout moment. Un grondement persistant se faisait entendre, comme s'ils se trouvaient au cœur d'une immense machine invisible. Ils avancèrent prudemment, observant le sol à chaque pas de peur qu'il s'entrouvre sur une coulée de lave. Étrangement, ils ne pouvaient voler comme à l'extérieur. L'air était lourd et chargé d'odeur de soufre. Les jeunes sentaient sur eux le poids de la souffrance de milliers d'âmes les appesantir. Jacob leur avait conseillé de remonter le fleuve pour ne pas se perdre. Le long de leur route, ils virent différents embranchements dans la paroi rocheuse. Leur veine d'explorateurs les aurait bien poussés à s'aventurer plus loin, mais qui sait où pouvaient les mener les chemins tortueux de l'Enfer?

— Bizarre qu'on ne rencontre personne, dit Andréa, un brin inquiète.

Bien que ne sachant pas à quoi s'attendre, la bande abondait dans le sens d'Andréa. En fait, cela n'annonçait rien de bon. Ils avaient le sentiment d'être épiés, attendus.

— *Miguel…*

Seul le jeune hispanique avait entendu l'appel. Un murmure.

— *Viens…*

La voix semblait provenir de sa droite. Miguel tourna la tête. Il vit son grand-père, les bras tendus, qui l'implorait tristement. Un choc! Cela faisait à peine une année que son grand-père était décédé. Voir cet homme si bon se retrouver en Enfer fit rager Miguel. Comment était-ce possible? Son grand-père qui l'avait si souvent aidé l'appelait maintenant à son secours. Le petit-fils ne pouvait rester insensible à sa demande. L'esprit de son grand-père se rapprocha.

— *Aide-moi…*

— Oui, grand-papa, j'arrive.

Miguel sortit du groupe et s'élança vers son aïeul. Ses amis ne comprenaient pas à qui Miguel avait adressé la parole. Quand ils virent leur copain tenter d'enlacer une sorte de fumée noire, ils se demandèrent s'il n'était pas déjà trop tard. L'espèce de brouillard entourait Miguel, le faisant presque disparaître à leurs yeux. Ce que leur ami avait pris pour l'esprit de son grand-père n'était rien d'autre qu'une savante illusion. Vincent s'avança pour essayer de sortir son copain de l'étreinte de ce brouillard maléfique. Aussitôt qu'il s'en approcha de trop près, les vapeurs toxiques de cette fumée attaquèrent ses narines. Vincent fut pris d'une violente nausée. Il recula difficilement de quelques pas, tentant de se soustraire aux effets virulents de cette émanation. Pendant ce temps, la fumée s'épaississait et englobait presque au complet leur ami qui, toujours sous le coup de son hallucination, croyait prendre son grand-père dans ses bras. Miguel finit par comprendre que quelque chose n'allait pas. Il sentait ses forces lui manquer, il avait de la difficulté à respirer. C'est à ce moment qu'il vit le véritable visage de la créature qui essayait de le vider de son énergie vitale. Des dizaines de figures grimaçantes grouillaient autour de lui, des têtes sans corps aux traits indéfinissables, les orbites vidées de leurs yeux, chacune dotée d'une bouche aspirant son énergie.

— Charles, donne-lui ton collier ! cria Andréa.

Charles aurait bien voulu, mais il avait vu les dommages que cette fumée pouvait causer quand Vincent s'en était approché de trop près.

— Il faut faire quelque chose avant qu'il ne soit trop tard ! ragea Andréa.

Devant l'immobilisme de son copain Charles, elle essaya de lui prendre son collier afin d'aller prêter secours à Miguel.

— Qu'est-ce que tu fais ? dit Charles, en mettant ses mains sur son collier.

— Donne-moi ça ! s'exclama-t-elle.

— Tu ne vois donc pas que c'est en plein ce que cette créature veut ? Tu as vu ce qu'elle a fait à Vincent ?

Leur ami gisait à genoux, encore pris de nausée.

— Mais il faut faire quelque chose ! On ne peut regarder mourir Miguel sans rien faire ! s'affola-t-elle.

C'est alors que Charles remarqua le point d'origine de la fumée hallucinogène. Non loin de Miguel, au bas du mur, en une sorte d'habile camouflage, une espèce de gros champignon gris se confondait avec la pierre. Une plante, voilà ce que c'était. Un parasite. Une idée germa dans l'esprit de Charles.

— Regarde, dit-il à Andréa. Tu vois au pied du mur ? C'est de là qu'émane la fumée. Peut-être que si on réussit à arracher et à détruire ce champignon…

Andréa comprenait le plan de son ami, mais comme il l'avait dit plus tôt, difficile de s'en approcher.

— Peut-être que toi, avec ton collier, tu serais protégé ? Ça vaut la peine d'essayer, dit-elle.

Charles contourna Miguel afin de ne pas être affecté par la fumée toxique. Son ami paraissait de plus en plus en proie à de violentes souffrances. Il lui fallait non seulement agir vite, mais surtout réussir. La vie de son camarade en dépendait. Quand Charles mit la main sur le champignon, il ressentit une légère brûlure. Aussitôt, le nuage entourant Miguel sembla réagir à son intrusion. On aurait dit que le brouillard se retournait vers lui. Oubliant la douleur que lui causait le champignon, Charles essaya de l'arracher. Impossible, il lui aurait fallu un couteau. Vincent, qui avait récupéré de son mal, eut un éclair de génie.

— La lumière blanche ! Pense à la lumière blanche ! lui cria-t-il.

Comment Charles avait-il pu oublier le conseil de Jacob ? Aussitôt, il se concentra. Après un instant, son collier s'illumina. Sa lumière envahit bientôt tout son corps jusqu'au bout de ses doigts qui tenaient encore le champignon. Le jeune garçon n'eut même pas besoin de tirer sur le parasite. Au contact de la lumière blanche, la plante s'effrita sous ses mains, tel du vieux papier, et tomba en morceaux. Le nuage de fumée disparut aussitôt et on entendit le cri d'agonie de dizaines de voix s'éteindre brusquement.

Leur ami Miguel n'était pas tiré d'affaire pour autant. Il vacillait sur ses jambes comme s'il venait de subir la pire raclée de sa vie. Il était très pâle, et le brouillard lui avait aspiré beaucoup de son énergie vitale. Tellement que ses camarades se demandèrent s'il allait s'en sortir vivant. Charles s'approcha de son ami et le prit dans ses bras. Il fit signe à Andréa et à Vincent de venir le rejoindre. Ensemble, ils songèrent à la lumière blanche. Une vive lueur entoura le trio.

— Il faut lui donner de notre énergie ! dit Charles.

Cette espèce de transfusion allait probablement affaiblir les trois jeunes aventuriers, mais c'était le prix à payer pour sauver leur ami. Miguel reprenait de la vigueur alors que ses amis sentaient s'écouler d'eux un peu de leur force. Après un moment, l'effet de la lumière se dissipa. Heureusement, Miguel paraissait suffisamment ragaillardi.

— Ouf… On l'a échappé belle, dit Vincent.

— Et on n'a même pas encore affronté des démons ! ajouta Andréa.

— L'Enfer est pavé d'illusions, dit Charles. Va falloir être prudents.

— Merci, dit Miguel, qui se remettait de ses émotions. Sans vous, je ne sais pas si j'aurais survécu.

— Tu aurais fait la même chose pour nous, répliqua Charles en lui lançant un clin d'œil. Allez, on continue.

Marchant lentement le long de la rive du Léthé, les membres de la bande observaient les lieux, sur leurs gardes, méfiants. Plus ils avançaient, plus les menaces, les illusions se multipliaient, comme autant de chants de sirènes maléfiques. Les jeunes aventuriers déployaient des efforts de concentration pour ne pas céder à la tentation, sachant très bien ce qui était arrivé à Miguel. À un moment, Andréa qui traînait un peu derrière ses amis jeta un regard dans le fleuve et y vit son reflet. Rien d'anormal en somme. Mais rapidement, elle se rendit compte que l'image d'elle flottant à la surface de l'eau ne suivait pas exactement sa démarche ni ses mouvements. Prise de curiosité, elle s'arrêta devant cette fausse réflexion. Le reflet de son visage lui sourit. Andréa bougea une main, son reflet aussi, à une seconde d'intervalle. Elle leva une jambe, puis fit aller sa tête d'un côté à l'autre pour être aussitôt imitée. Approchant son visage de la surface, Andréa fit une grimace. Son reflet montra des dents, et des mains surgirent de l'eau et tentèrent de s'emparer d'elle. N'eût été de Vincent qui la tira en arrière, la créature aurait pu se saisir de son amie. Au lieu de cela, une flaque d'eau noire vint s'échouer à ses pieds. Andréa recula de quelques pas alors qu'une rigole essayait de se frayer un chemin jusqu'à elle pour bientôt s'assécher.

— Mais qu'est-ce que c'était? fit Andréa, un brin horrifiée.

— Aucune idée, lui répondit Vincent. Ça n'avait pas l'air gentil en tout cas.

Rejoignant les autres, Miguel leur demanda ce qui était arrivé.

— Tu connais les filles, dit Vincent en souriant, toujours à se regarder dans le miroir.

— Idiot! répliqua Andréa en lui donnant un coup de coude dans les côtes.

— Bon, ça va, intervint Charles. Restons groupés, d'accord?

Continuant leur marche, le groupe arriva bientôt devant une impasse. Le fleuve qu'ils suivaient poursuivait son cours sous une sorte d'arche bordée de part et d'autre par un mur de pierres. Impossible de longer le fleuve sans y mettre les pieds, chose à laquelle ils se refusaient.

— Un peu avant ici, j'ai remarqué une ouverture dans la paroi, fit observer Andréa, qui grâce à son don de vision nocturne pouvait voir beaucoup mieux que ses camarades dans cet environnement si sombre. Peut-être qu'en s'y faufilant on pourrait contourner l'obstacle, dit-elle. C'est risqué, mais…

— T'as raison, dit Charles. De toute façon, on n'a pas bien le choix.

— Quelqu'un a noté depuis combien de temps nous sommes ici? demanda Vincent.

— Environ une demi-heure, je dirais, répondit Miguel. Ça ne nous laisse pas beaucoup de temps. Jacob avait affirmé qu'on pourrait voyager hors de notre corps pendant une heure, tout au plus.

— Raison de plus pour se dépêcher, conclut Andréa.

Ils se rendirent à l'endroit indiqué par leur amie. C'était plus qu'un simple trou. De loin, Andréa n'avait pu apercevoir les symboles gravés dans la pierre tout autour de l'arche. Des caractères inconnus finement ciselés étaient entourés de représentations infernales. Des corps de démons, sans doute, montés sur des bêtes fantastiques, comme des serpents ailés avec des pattes griffues ou encore des lions avec des têtes d'aigles.

— Vous êtes sûrs qu'on doit passer par là ? balbutia Vincent.

— Tu peux nous attendre ici, si tu veux, brava Andréa.

— On y va tous ensemble, d'accord ? trancha Charles.

Charles n'aimait pas rabrouer de la sorte ses camarades. Le temps n'était pas aux mauvaises blagues. Son intuition lui disait que les dangers qui s'annonçaient allaient leur demander d'être plus unis que jamais. Les quatre amis s'engagèrent dans l'étroit couloir, guidés par Andréa et sa vision nocturne. Bientôt leur parvinrent des bruits confus de voix qui psalmodiaient.

— C'est quoi, ça ? chuchota Vincent.

— On dirait les chants d'une cérémonie, dit Miguel.

— Avec les signes gravés à l'entrée, peut-être bien que ce passage débouche sur une salle de culte quelconque, dit Charles. Espérons qu'on pourra trouver un moyen de se faufiler sans se faire voir.

Tous leurs sens en alerte, ils progressaient lentement quand finalement ils arrivèrent à quelques pas du bout du couloir. Cachés dans l'ombre, ce qu'ils virent les stupéfia totalement.

## 17

# Le culte

Le spectacle était saisissant. Devant eux s'ouvrait une salle circulaire de la dimension d'un stade, éclairée par des dizaines de gerbes de lave bouillonnante, jaillissant çà et là telles des fontaines lumineuses. Tout autour s'élevaient des strates de roches formant des sortes de gradins, vides pour le moment. Au centre, sur ce qui ressemblait à une scène, quatre âmes noires flottaient en cercle, apparemment vêtues d'une toge sombre, la tête recouverte d'une cagoule masquant leurs traits, mais laissant deviner une mâchoire dont la peau semblait en lambeaux. À tour de rôle, les esprits récitaient sur un ton monocorde et funeste des paroles incompréhensibles devant quatre amoncellements d'os disparates. Plus étonnant encore était la vision de ce petit être difforme, au nez crochu et aux dents tordues, le menton enfoncé et la barbe clairsemée. À la main droite, il tenait une vipère, chevauchant un serpent ailé géant au-dessus des quatre âmes mortes en prière. Pas de doute, la description que leur en avait faite Jacob était conforme. Il s'agissait bien d'Astaroth et de ses fidèles, probablement les sorciers dont on avait retrouvé les dépouilles ensevelies sous la Grande Bibliothèque durant sa construction. Les quatre amis reculèrent aussitôt de quelques pas, espérant ne pas avoir été aperçus.

— Qu'est-ce qu'ils fabriquent ceux-là ? dit Vincent.

— Aucune idée, répliqua Charles. On dirait une espèce de cérémonie.

— Oui, comme un rituel, ajouta Andréa.

— La question est : dans quel but ? se demanda Miguel. Vous avez remarqué les quatre petits tas d'os à leurs pieds ?

— Quatre, oui, le même nombre que nous, précisa Andréa.

— Tu crois que leur rituel nous vise directement ? questionna Vincent.

— Un drôle de hasard en tout cas, ces quatre amas d'ossements, répondit Andréa.

— Je vois rien de drôle là-dedans, moi, dit Vincent, pas rassuré.

— Peu importe la raison de leur cérémonie, intervint Charles. On ne peut rien y faire. Pour le moment, du moins. Il ne faut pas oublier notre objectif : récupérer le talisman.

— On ne sait même pas de quoi il a l'air ! répliqua Vincent.

— C'est vrai, approuva Charles. Mettons-nous à la place d'Astaroth. Où le talisman serait le plus en sûreté, et toujours sous ses yeux ?

Les jeunes aventuriers réfléchirent un moment à l'énigme posée par leur ami. Pendant le peu de temps qu'ils avaient pu l'observer, ils avaient vu qu'Astaroth ne portait pas de bijoux ni de pendentif particulier. Nulle part dans cette salle ils n'avaient vu d'endroit pouvant servir à cacher l'objet, un coffre, une cage, ni de gardien chargé de le protéger, outre les quatre sorciers et le grand-duc. Andréa s'avança d'un pas, risquant un coup d'œil dans la salle. Puis, elle se retourna vivement en direction de ses camarades.

— Je sais ! dit-elle. J'ai trouvé, je pense !

— Où ? demandèrent en chœur ses copains.

— Je n'étais pas certaine, je voulais d'abord m'en assurer, déclara-t-elle en faisant languir ses amis. Avez-vous remarqué les yeux du serpent volant ? L'un d'eux est lumineux, comme une pierre précieuse.

— Et tu crois que… dit Charles.

— Oui, le talisman, répondit Andréa. C'est quand tu as demandé où l'objet serait le plus en sécurité que j'ai compris. Ton intuition ne t'a pas trompé. Tu avais vu juste en précisant « toujours sous ses yeux » C'est ça qui m'a mis la puce à l'oreille.

— Et maintenant ? Comment on va faire pour le récupérer ? demanda Miguel.

— Quelqu'un se sent prêt à affronter une sorte de dragon de l'Enfer ? railla Vincent.

— On n'enverra personne combattre seul ce dragon, comme tu dis, trancha Charles. Si on réussit, ce sera tous ensemble. Et pour cela, il nous faut un plan, conclut-il.

Charles était bien conscient que c'était plus facile à dire qu'à faire. Comment déjouer l'attention de ces esprits maléfiques et de surcroît retirer l'œil de ce serpent ailé sans périr ? Pendant que les jeunes intrépides mijotaient leur prochaine action, la cérémonie dans la salle suivait son cours. Ils entendirent le chant des sorciers s'élever, donnant l'impression que leur rituel touchait bientôt à sa fin. Cela eut pour effet de précipiter la réflexion de la bande des quatre. Sans trop savoir pourquoi, ils sentaient que tout ce cérémonial les impliquait, d'une manière ou d'une autre.

— Ils sont six, si on inclut le dragon, et nous sommes quatre, dit Charles. Heureusement, nous possédons chacun au moins un don. Va falloir les exploiter au maximum. Le collier de Jacob est supposé me rendre invisible à leurs yeux. Occupez-vous de distraire les sorciers pendant que je me faufile jusqu'à Astaroth. Je ne sais pas comment je vais m'y prendre, mais une fois que je serai monté sur le dos de son serpent, je ferai tomber le démon de sa monture. Quand je serai seul à chevaucher le dragon, je vous l'amènerai le plus près possible. Ensuite, on retirera son œil et on filera.

— Qu'est-ce qui te dit que le dragon t'obéira ? s'inquiéta Vincent.

— Appelons ça une intuition, dit Charles, avec un sourire forcé.

La vérité, c'est que Charles n'en avait aucune idée. Il sentait bien que ses amis hésitaient à se lancer à corps perdu dans cette aventure. Pendant un moment, grâce à son don, Charles put lire dans les pensées de chacun. Il vit défiler devant ses yeux les peurs et appréhensions de ses copains. Tous songeaient à leur maison, à leur famille, à leur vie. Andréa pensait à la douceur de sa petite sœur, Miguel au plaisir de jouer au football avec son père, Vincent à la musique que lui faisait découvrir son frère. Des choses peut-être en apparence futiles, mais combien importantes, rassurantes, surtout à l'évocation des dangers qui les attendaient. Charles aussi pensait à ce qui lui était cher, à ses parents adoptifs.

— J'ai une confidence à vous faire, dit-il. Je sais que vous allez peut-être trouver que ce n'est pas le moment, mais bon. J'ai utilisé mon don sur mes parents.

Charles leur raconta comment il avait pu visualiser et enfin comprendre ce sentiment qu'ils lui témoignaient si discrètement, mais pourtant profondément. Cela l'avait rassuré et redonné force et foi en ses capacités. Il ne faut pas être triste en songeant aux gens qu'on aime, mais plutôt s'en servir comme inspiration.

— On est tous très chanceux au fond. On s'est toujours sortis des pires situations. Hé ! nous avons affronté des soldats nazis et nous avons triomphé. C'est pas quelques démons qui vont avoir le dessus sur nous.

Leur ami Jacob leur avait confié une mission de la plus haute importance : sauver la vie de Twan, le gardien du secret des Dzoppas. Il leur avait fait confiance. Lui ne doutait pas d'eux. À leur tour de lui donner raison. Il ne fallait pas que le savoir des Dzoppas tombe entre les mains de forces obscures.

— Allez, tous ensemble, dit Charles en espérant avoir chassé leurs doutes.

Galvanisés, ses camarades s'élancèrent dans la salle, alors que Charles courait déjà au-devant du dragon. Leur arrivée soudaine n'eut pas l'air de déranger les quatre sorciers. Ils étaient tous concentrés à réciter en chœur une espèce d'incantation. Seul Astaroth les remarqua.

— Approchez… mais approchez donc, si vous en avez le courage, dit-il en souriant.

Le démon affichait une confiance trop arrogante à leur goût. Quelque chose se tramait et la bande n'aurait su dire quoi. Prudents, Andréa, Miguel et Vincent avancèrent lentement en direction des sorciers avec l'intention bien arrêtée de mettre fin à leur rituel. Par la pensée, Andréa communiqua son idée à ses deux copains. Comme le centre d'attention des âmes noires semblait être les quatre petits tas d'os devant eux, les jeunes intrépides allaient frapper de leurs pieds ces amoncellements. Pendant ce temps, Charles contournait le lieu où se déroulait la cérémonie. Attaquer par derrière n'était certes pas honorable, mais il espérait profiter de l'effet de surprise pour déstabiliser Astaroth et ainsi le faire chuter de sa monture. Il y avait cependant un détail que les héritiers d'Ambrosius avaient oublié. C'est en s'approchant du groupe des quatre que Miguel le remarqua. De plus près, Miguel vit l'anneau que portait au nez chacun des sorciers. Une fois qu'ils furent montés sur la scène, une odeur de putréfaction envahit leurs narines, une puanteur si forte qu'elle les paralysait.

— Vous aimez mon parfum ? sourit Astaroth en dévoilant sa dentition tordue. Je l'appelle « effluve de nuits infernales ». Je le porte avec beaucoup de fierté. En effet, c'est l'odeur putride de milliers d'âmes en décomposition capturées par mes soins au fil des siècles. Une fragrance exquise, vous ne trouvez pas ? L'arôme du désespoir, s'esclaffa-t-il.

Voilà à quoi servait l'anneau sous le nez des adorateurs d'Astaroth, à les protéger. Heureusement, le collier magique de Jacob semblait posséder plus d'une vertu. Charles ne paraissait pas embarrassé par les émanations. Pendant que ses camarades luttaient contre l'engourdissement dans lequel les plongeait le miasme d'Astaroth, le jeune garçon cherchait un moyen d'atteindre le dos du serpent ailé. Impossible de grimper dessus tant que le démon volerait si haut. Il fallait l'attirer plus près du sol. Est-ce que ses amis entendaient dans leur tête son appel à l'aide? Miguel tomba à genoux. Son combat contre le brouillard maléfique plus tôt l'avait vidé de ses énergies, il ne pouvait résister plus longtemps. Hors de son corps, Andréa ne disposait plus de sa fronde. Étourdie, au bord de l'évanouissement, elle trouva la force de se pencher pour ramasser quelques cailloux à ses pieds. Du plus fort qu'elle put, elle visa le dragon, en se disant qu'Astaroth ne s'offusquerait pas de recevoir une pierre, mais qu'il pourrait en aller autrement de la bête fantastique. Au même moment, Vincent n'avait plus qu'une pensée : arracher l'anneau du nez d'un sorcier afin de contrer cette odeur infecte qui les empêchait de bouger. Le gros garçon se concentra, il lui fallait faire vite. Avançant comme s'il se trouvait au milieu de sables mouvants, une fois arrivé à la hauteur de l'un des sorciers, Vincent eut la surprise de le voir disparaître en fumée. Était-ce encore une illusion ? Se tournant à sa gauche, il aperçut les autres âmes noires se volatiliser de la même façon. Chacune aspirée par l'amoncellement d'os devant elle. Andréa finit par toucher sa cible et le dragon rugit en fonçant sur elle alors que le démon tentait de refréner les ardeurs de sa monture. Aussitôt que le serpent ailé mit les pattes au sol tout près d'Andréa, Charles sauta sur la bête et poussa Astaroth en bas. Réagissant à la présence de l'intrus sur son dos, l'animal se braqua, ce qui fit presque chuter le garçon. Charles agrippa à deux mains le cou tapissé d'écailles du dragon, pendant que celui-ci tentait de donner des coups de queue à son cavalier. Le plus étrange était de voir Astaroth. Il observait le spectacle sans broncher, comme s'il était certain de l'issue.

— Je ne te vois pas… Étrange. Mais je peux te dire que tu ne t'y prends pas de la bonne manière, mon jeune ami invisible, dit le démon sur un ton détaché. Comme tous les animaux stupides, il faut le flatter pour l'amadouer.

Voilà maintenant que le grand-duc donnait des conseils ! C'était à n'y rien comprendre. Un piège ? Jacob les avait bien avertis qu'ils auraient affaire à un être sournois. Au point où il en était, Charles se dit qu'il n'avait plus rien à perdre. Si la queue du serpent venait à l'atteindre, elle lui arracherait sûrement la tête. Le jeune aventurier suivit donc les indications d'Astaroth. Sans trop savoir comment, Charles caressa le cou du dragon d'une main, tout en essayant de se maintenir en selle de l'autre. Peu à peu, la bête se calma effectivement.

— Eh bien voilà, tu vois que ce n'était pas si compliqué, dit le démon comme s'il était fier du garçon. Je ne te vois pas, mais je t'imagine très bien à la tête d'une de mes légions infernales sur le dos d'un tel animal.

— Malheureusement pour vous, cette ambition ne fait pas partie de mon plan de carrière, répliqua Charles du tac au tac, en posant la bête au sol.

N'attendant pas la réponse d'Astaroth, le jeune téméraire tira sur la bride du serpent, forçant sa tête à se pencher vers lui. Aussitôt, il plongea la main dans l'orbite du dragon et en retira la pierre précieuse qui se détacha sans difficulté.

— Et tu penses faire quoi avec ce talisman ? susurra le grand-duc.

— Délivrer Twan de votre malédiction !

— Ah oui… Eh bien. C'est, je suppose, noble de ta part. Mais tu oublies une chose…

— Laquelle ? répondit Charles, agacé par l'attitude trop confiante du démon.

— Comment allez-vous réintégrer vos corps si en ce moment même les esprits de mes sorciers sont en train de les posséder ? s'esclaffa Astaroth.

# 18

# La possession

Dans le sous-sol de la bibliothèque, l'esprit de Jacob, le concierge, Twan et la bibliothécaire attendaient toujours le retour de la bande. Greg consulta sa montre. Cela faisait un peu plus d'une demi-heure que les jeunes aventuriers avaient quitté leurs corps. Pourtant, ils étaient là, couchés par terre, paraissant endormis d'un profond sommeil. Leur respiration était calme, leur ventre se soulevait à intervalles réguliers. Puis, Twan, métamorphosé en rat, juché sur l'épaule du concierge, sauta au sol. Le petit animal passa d'un corps à l'autre, les reniflant en secouant ses fines moustaches. Le rat se dressa soudain sur ses pattes arrière en poussant un drôle de couinement. Greg se pencha pour le prendre dans ses mains, mais Twan recula et couina de plus belle.

— Qu'est-ce qu'il y a, mon bonhomme? interrogea le concierge.

— J'ai l'impression qu'il essaie de nous dire quelque chose, dit Claire.

Greg se tourna alors vers Jacob.

— Est-ce que tu comprends son langage ?

— Les enfants sont en danger, répondit Jacob.

— Quoi ? s'exclamèrent en chœur Claire et Greg.

— Mais comment le sais-tu ? demanda la jeune femme.

— Regardez, dit Jacob en indiquant les corps par terre.

La bouche de trois d'entre eux s'était ouverte. Une espèce de fumée s'en dégageait, comme lorsqu'il fait froid. Intriguée, Claire s'approcha. Surprise, elle recula vivement lorsque Vincent murmura des paroles incompréhensibles. Ce fut ensuite au tour de Miguel de prononcer faiblement des mots inconnus.

— Mais… qu'est-ce qui se passe ? s'inquiéta Claire.

— Les esprits des sorciers essaient de s'emparer des corps de nos amis, répondit calmement Jacob.

— Et c'est tout ce que ça te fait ? fulmina le concierge.

— La colère est mauvaise conseillère, répliqua sagement l'esprit du jeune handicapé.

— Est-ce qu'on peut faire quelque chose pour empêcher ça ? intervint la bibliothécaire.

Les lèvres d'Andréa remuèrent à leur tour, des sons étranges en sortirent, à peine audibles.

— Qu'est-ce qu'ils disent ? demanda Greg. Ce sont les sorciers qui parlent à travers eux, c'est ça ?

— Oui, répondit Jacob. Il s'agit d'une incantation visant à permettre la possession.

— La possession ! cria Claire avec effroi. Mais ça n'existe pas ces choses-là !

— Je comprends, c'est difficile à croire, et pourtant, vous en avez la preuve sous les yeux, dit Jacob.

— C'est… c'est… trop horrible, balbutia la jeune femme, étranglée par l'émotion.

— Jacob, dis-nous si on peut faire quelque chose ! s'exclama Greg.

Pendant ce temps, en Enfer, Astaroth ricanait de plus belle devant l'air ahuri des jeunes intrépides.

— Vous ne vous attendiez pas à ça, n'est-ce pas ? dit le démon. Bientôt, ma victoire sera complète, une fois que les esprits de mes sorciers auront pris possession de vos corps abandonnés.

Sans s'en douter, Astaroth venait de se trahir en leur livrant un indice : le rituel n'était pas achevé. Ils avaient donc encore une chance, se dirent-ils. Les âmes noires s'étaient plus tôt volatilisées en fumée pour être ensuite aspirées au centre de chacun des amoncellements d'os devant eux. Mais les esprits maléfiques n'avaient pas totalement disparu. Si on y regardait de plus près, on voyait un petit nuage se dégager des tas d'os. Tout n'était peut-être pas perdu.

Vincent fut le premier à éprouver les effets. Il se sentit attiré vers l'un des tas d'os. Son esprit avait beau lutter, il continuait de s'approcher malgré lui. Puis ce fut au tour de Miguel de se voir lentement traîner vers l'un des amoncellements d'os. Il fallait faire quelque chose et vite. Charles choisit l'un des tas d'os au hasard et donna un coup de pied dedans. Les os volèrent en éclats.

— Qui a fait ça ? tonna Astaroth. Je sens ta présence, mais je ne peux te voir. Encore un coup de ce foutu Ambrosius ! cria le démon.

Quand Charles voulut à nouveau s'exécuter sur un autre empilement d'ossements, il rencontra cette fois une résistance. C'est là qu'il vit Andréa s'approcher elle aussi d'un monceau d'os, celui-là même qu'il venait d'essayer de frapper du pied. Charles essaya avec les autres piles, sans plus de succès. Il semblait donc que le processus de possession des corps de ses trois amis était déjà trop avancé pour y remédier. De cette façon, du moins. Existait-il un autre moyen ?

— Trois sur quatre, c'est quand même une bonne moyenne, dit Astaroth, content de lui malgré tout. C'est Charles, c'est ça, celui qui n'ose se montrer ?

Le garçon n'allait pas tomber dans le piège du démon et lui dévoiler sa présence, il se tint coi.

— De toute façon, vous avez perdu la partie, reprit le grand-duc. Tu as beau te cacher, cela ne changera rien. Bientôt, trois de mes sorciers auront pris possession du corps de tes amis. Au fil des années passées en Enfer, leurs pouvoirs se sont accrus. Ils n'auront aucune difficulté à enfin faire parler ce Twan. Et le secret des Dzoppas sera enfin en ma possession. Des hordes de légions infernales vont alors pouvoir régner sur Terre et sur les autres planètes. Je sens comme une odeur de promotion pour un certain grand-duc, moi, ricana Astaroth. Fini l'exil ! Je serai bientôt de retour à la cour de la cité chthonienne.

La fin paraissait en effet inéluctable. Charles observait l'esprit de ses meilleurs amis s'engouffrer lentement mais sûrement dans chacun des tas d'os. Facile d'imaginer ce qui arriverait une fois qu'ils auraient entièrement disparu à l'intérieur. Facile, mais ô combien terrible.

Au même moment, dans le sous-sol de la Grande Bibliothèque, l'esprit de Jacob enjoignait Claire et le concierge à l'imiter. Tous trois se penchèrent à l'oreille de Vincent, de

Miguel et d'Andréa, leur répétant les mêmes paroles : « Pense à la lumière blanche. » Pendant qu'ils répétaient ces mots, eux aussi visualisaient cette lumière. Elle était peut-être leur dernier espoir de revoir les jeunes aventuriers vivants.

Les esprits de ses trois camarades s'enfonçaient de plus en plus, bientôt ils allaient disparaître au milieu de ces tas d'os diaboliques. Charles se demandait pourquoi Astaroth ne s'en prenait pas à lui. Bien sûr, le collier magique le rendait invisible aux gens infestés par le Mal. Mais Jacob lui avait bien dit qu'ils pourraient sentir sa présence, ce que le démon n'avait pas manqué de faire. L'artefact était aussi censé le protéger des puissances maléfiques, mais jamais le garçon n'aurait cru que le collier puisse être assez puissant pour contrer les assauts d'un grand-duc de l'Enfer. Ce devait être autre chose qui empêchait Astaroth de s'en prendre à lui. Puis, Charles se trouva idiot de ne pas y avoir songé plus tôt. Mais bien sûr : le talisman. Si cet objet recelait le pouvoir de délivrer Twan de sa malédiction, tant que Charles l'aurait entre ses mains, Astaroth ne pouvait rien contre lui.

— Bien joué, mon jeune ami, déclara soudain le démon.

Charles se demandait de quoi parlait l'être maléfique.

— Ne me dis pas que tu es surpris que je puisse aussi lire dans les pensées ? Effectivement, je ne peux rien contre toi tant que tu gardes sur toi le talisman. Je ne crois pas que tu le conserveras bien longtemps de toute façon. Surtout quand tu verras le sort que je réserve à tes amis. Non seulement mes sorciers vont intégrer leurs corps, mais je vais aussi m'approprier leurs esprits et en faire de braves soldats. Que feras-tu quand tes anciens camarades combattront à mes côtés ? Oseras-tu retourner seul dans ton monde, sachant très bien que je me serai alors emparé du secret des Dzoppas ? À quoi te servira-t-il de résister seul et sans personne pour t'aider ?

— Vous oubliez Ambrosius… dit Charles, sortant de son mutisme.

Le démon s'esclaffa.

— Même lui n'y pourra rien et il le sait très bien.

Le jeune garçon se demandait si Astaroth bluffait. Une telle affirmation mensongère de la part d'un être aussi sournois n'était pas impossible. En y réfléchissant bien, Charles n'avait qu'un choix. Il pouvait immédiatement réintégrer son corps, puis délivrer Twan en lui donnant le talisman. Le secret des Dzoppas serait alors protégé et le démon pourrait dire adieu à ses projets funestes. Bien sûr, cela équivaudrait à sacrifier la vie de ses meilleurs amis. Chose à laquelle Charles ne parvenait pas à se résoudre.

Depuis un moment, le garçon avait remarqué que la progression de l'esprit de ses copains à l'intérieur de chacun des tas d'ossements semblait s'être ralentie. Il ne pouvait pas savoir que là-haut, dans la bibliothèque, on s'activait autour des corps des jeunes en leur soufflant à l'oreille de penser à la lumière blanche. Cela retardait le processus, mais ne pourrait pas empêcher indéfiniment les sorciers de réussir. Charles était sur le point d'abandonner. Astaroth avait raison. À quoi bon vivre sans ses amis ! Jamais il ne se le pardonnerait. Il allait retirer son collier et abdiquer lorsqu'il remarqua un détail qui lui avait échappé. Le bijou comportait une partie creuse. La pierre précieuse qu'était le talisman avait justement la taille parfaite pour combler le trou du pendentif. Charles essaya d'insérer le talisman dans le collier, et, à sa grande surprise, il s'y imbriqua facilement. La pierre précieuse s'illumina tout à coup. Au même moment, le garçon reçut comme une décharge électrique les pensées de ses trois amis. *La lumière blanche.* Avant qu'il ne soit trop tard, Charles se précipita vers les tas d'os rapprochés les uns des autres et tendit ses mains à Andréa et à Miguel, qui donnèrent les leurs à Vincent. Les esprits du trio étaient enfoncés jusque sous les aisselles, encore un peu et leurs épaules puis leurs têtes seraient englouties dans les monceaux d'ossements maléfiques. Sentant le danger, Astaroth enfourcha son dragon et se prépara à attaquer la bande. Déjà, le dragon crachait son feu. Les quatre esprits des jeunes aventuriers se remplirent de lumière. Le serpent ailé se braqua, recula, aveuglé. Même le démon détourna le regard devant un tel déploiement de lumière. Une chose encore plus incroyable se produisit. Une femme apparut au-dessus du quatuor. Toute de lumière, les cheveux longs jusqu'à la taille, elle flottait en souriant. Sans un mot, elle tendit ses mains translucides vers Miguel, puis Vincent et enfin Andréa, les extirpant chacun de leur prison d'ossements.

— C'est elle, Charles ! C'est elle que j'ai vue dans la chambre de Jacob ! s'exclama Andréa.

Le dragon, comme rendu fou par la présence de cette femme, se mit à ruer de tous bords, tous côtés, puis éjecta son cavalier pour ensuite prendre la fuite. Astaroth semblait aussi effrayé par cet esprit lumineux que par Charles, mais c'était la puissance qui irradiait du collier qui l'affolait. Le garçon sentait en lui la force et le pouvoir de son pendentif. Charles s'avança vers le grand-duc qui reculait devant lui, avec l'intention d'en finir avec ce misérable démon.

— *Non, Charles*, lui communiqua la femme par la pensée. *Je ne t'ai pas donné la vie pour que tu la retires à un autre. Ce n'est pas la mission qu'Ambrosius vous a confiée.*

— Qui êtes-vous?

— *Je suis ta mère, Charles.*

— Ma mère… mais… ma mère est…

— *Non, je ne suis pas morte. Je vis dans un autre monde. Un univers parallèle. Tu y vis aussi, mais sous une autre forme.*

— Je… Je ne comprends pas, balbutia le garçon, chaviré par l'émotion.

— *Le collier que tu portes appartient à mon monde. C'est lui qui m'a ouvert la porte jusqu'à toi.*

— Mais c'est le collier de Jacob…

— *Je ne peux pas demeurer ici encore longtemps, je dois m'en aller. Retourne avec tes amis à la surface. On a besoin de vous là-haut. Vite, avant qu'il ne soit trop tard.*

## 19

# La malédiction

L'esprit de la Dame blanche s'estompa pour bientôt disparaître. Pendant la conversation de Charles avec elle, Astaroth en avait profité pour s'éclipser en douce.

— Ce lâche de démon a filé, constata Andréa.

— Il a eu une sacrée frousse en tout cas, ricana Vincent.

— Vous avez vu sa gueule quand Charles a enchâssé le talisman dans son collier ? Il a eu peur, il s'est enfui comme une blatte quand on allume la lumière, ajouta Miguel en souriant.

— Vous riiez moins tantôt, dit Charles pour taquiner ses amis. Je n'aime pas tellement le savoir encore en liberté. Qui sait quel tour ce démon pourrait bien nous préparer.

— Tant que tu auras le collier, je ne pense pas qu'on le reverra, dit Andréa.

— Peut-être bien, répondit Charles, mais il faudra que je le donne à Twan, et ensuite…

— On verra, dit Miguel.

— T'as raison, admit Charles. Pour l'instant, l'esprit de la femme m'a dit qu'on avait besoin de notre aide en haut. Je me demande bien où sont passés les esprits des sorciers s'ils n'ont pu prendre possession de vos corps.

— Allons-y! dit Vincent, se faisant l'écho de ses camarades.

Les quatre amis se réunirent en cercle, ils fermèrent les yeux et se concentrèrent sur leurs corps couchés par terre dans le sous-sol de la bibliothèque. Ils agrippèrent le fil d'argent qui les reliait à leur nombril et, à la vitesse de la pensée, le cordon lumineux tel un élastique qui se détendait enfin les ramena dans leur enveloppe corporelle.

Ouvrant les yeux, les jeunes eurent la surprise de voir les visages effrayés de Claire et de Greg penchés sur eux. Ils reculèrent tous deux rapidement, mais Jacob les rassura.

— N'ayez crainte, ce sont bien eux, dit-il.

La bande n'était pas encore debout que leurs amis virent s'échapper de la bouche de trois d'entre eux une fumée noire. Ils recrachaient l'esprit des sorciers. Ces derniers ne pourraient survivre longtemps à l'extérieur sans un réceptacle. Aussitôt, les âmes noires tournoyèrent au-dessus du concierge et de la bibliothécaire, comme s'ils cherchaient à s'en emparer. D'un bond, Charles se redressa et invoqua la puissance de son collier. Le jeune garçon fut auréolé de la lumière qui irradiait du talisman. Dans un chuintement à faire grincer des dents, les nuages sombres se réunirent pour n'en former plus qu'un, qui fondit sur Twan. Paniqué, le rat s'enfuit en courant.

— Oh non, ils ont pris possession de Twan! s'exclama Andréa.

— Comment est-ce possible ? cria Vincent.

— On a fait tout ça pour rien ! s'indigna Miguel.

— La bonne nouvelle, c'est qu'ils ne pourront partager bien longtemps le corps de Twan. La mauvaise, c'est qu'un seul pourrait y demeurer, déclara Jacob. Si c'est le cas, ce sorcier n'aura sans doute aucune peine à fouiller l'esprit de Twan et à découvrir l'emplacement du secret des Dzoppas et ainsi le livrer à son maître, Astaroth. Bref, il faut vite retrouver Twan avant qu'il soit trop tard.

— J'aime tes plans, dit Charles en souriant, toujours aussi simples.

En effet, le rat avait pu aller se cacher n'importe où dans la vaste bibliothèque.

— J'ai peut-être une idée où il se trouve, dit Greg. Suivez-moi !

Le concierge connaissait un peu les habitudes de son ami le rat. Il savait qu'il aimait grignoter les livres anciens du premier étage. Au pas de course, le groupe monta les marches menant au rez-de-chaussée, alors que l'esprit de Jacob volait à leurs côtés. Une mauvaise surprise les y attendait.

— Tiens, tiens, comme on se retrouve, dit le gros gardien de sécurité avec un rictus méprisant.

— On s'amuse après les heures de fermeture ? ajouta le petit maigre. Je n'aurais pas cru ça de vous, Claire. Je crois que vous nous devez une petite explication, non ?

— Fernand, Maurice, on n'a pas le temps ! dit la jeune femme en les fustigeant du regard.

— Mais nous, on a tout notre temps, n'est-ce pas, cher et estimé collègue ?

— Parfaitement, répondit Fernand.

C'est alors que Greg s'interposa.

— Les enfants sont venus récupérer leur rat. Et nous étions sur sa piste, vous avez sûrement dû le voir passer, vous qui n'en ratez pas une, non ?

— Tu as vu courir un rongeur, toi ? demanda le gros gardien à son confrère.

— Non, les seuls petits animaux que j'ai vus galoper, ce sont eux, répondit Maurice en pointant narquoisement du menton la bande. Si je me souviens bien, on leur avait d'ailleurs formellement interdit de revenir ici, est-ce que je me trompe, collègue ?

— Tu as tout à fait raison, dit Fernand.

— Loin de moi l'idée de vouloir obstruer le déroulement de la justice, susurra le concierge, si je peux me permettre, j'aurais un conseil à vous donner.

— Un conseil ? dit le petit maigre, dubitatif, en fronçant les sourcils.

— Oui, venez, leur dit Greg. Je sais comment on peut régler ça, dit-il tout bas sur le ton de la confidence.

Intrigués, mais sur leurs gardes, les deux gardiens de sécurité s'approchèrent tout près du concierge qui semblait vouloir leur révéler un secret. Charles et ses amis n'entendaient pas ce que murmurait Greg à l'oreille des deux gardiens. Ils furent d'ailleurs étonnés lorsqu'ils virent les deux hommes sourire aux propos de leur ami. Puis, comme s'il s'agissait de vieux complices, Greg plaça une main derrière la tête de Fernand et l'autre derrière celle de Maurice. Tout se passa très vite. Greg recula vivement d'un pas et fit se cogner l'une contre l'autre les têtes des deux gardiens ! Ils s'écroulèrent aussitôt.

— Greg ! Mais qu'est-ce que tu as fait ? dit la bibliothécaire, paniquée.

— Je sais, je peux probablement dire adieu à mon emploi, dit-il.

— Mais tu les as assommés ! répliqua-t-elle.

— Va donc dans mon bureau, j'ai de la corde. Je reste ici pour les avoir à l'œil. Vous, les jeunes, retrouvez Twan.

— Mais Greg… voulut répliquer la jeune femme.

— À moins que tu ne veuilles demeurer ici pour les surveiller ?

— Bon, d'accord, je vais aller chercher la corde, mais laisse-moi te dire que je ne suis pas du tout favorable à tes méthodes, dit Claire en se rembrunissant.

Les jeunes aventuriers avaient assisté sans rien dire à l'échange entre la bibliothécaire et le concierge. C'est finalement Vincent qui brisa le silence.

— Qu'est-ce que vous leur avez dit avant de les assommer ?

— Oh, je leur ai donné un cours accéléré du grand philosophe chinois Sun Tzu sur l'art de la guerre, sourit Greg. « Rien n'est plus difficile que l'art de la manœuvre. La difficulté est de faire de la route la plus tortueuse le chemin le plus direct et tourner l'infortune en avantage. »

— Je ne savais pas que la philosophie pouvait s'enseigner aussi rapidement, ajouta Miguel, sourire en coin.

— Eh bien, c'est l'application pratique, j'imagine, de ce qu'on appelle le bourrage de crâne, répondit le concierge. Allez, maintenant, à vous de jouer !

Greg leur indiqua que Twan se cachait souvent dans la section des livres rares, au premier étage, à droite. Le petit rat se faufilait par les bouches d'aération, mais eux, il leur faudrait y pénétrer de la même façon que tout le monde. Il leur refila son trousseau de clés. Jacob et les jeunes intrépides gravirent les marches du grand escalier central pour ensuite se diriger vers les portes de la section des livres anciens, au fond. Le concierge avait oublié une chose : quelle était la bonne clé ? Pendant qu'Andréa essayait les clés les unes après les autres, Charles posa une question à Jacob :

— Si le talisman peut délivrer Twan de sa malédiction, est-ce qu'on ne pourrait pas s'en servir sur toi aussi et te libérer du joug des démons ?

— Bonne question, mon cher ami, répondit-il. Je suis content que tu t'inquiètes pour moi, mais l'objet a été façonné pour venir en aide à Twan uniquement, du moins pour ce genre de mauvais sort. La pierre renferme des propriétés qui repoussent les esprits maléfiques, mais elle ne peut venir à bout de toutes les malédictions.

— Comment Astaroth a-t-il pu s'en emparer alors, si le talisman a cet effet sur les démons ? demanda Miguel, se joignant à eux.

— Par la ruse, bien sûr, dit Jacob. Zénodote, le maître bibliothécaire d'Alexandrie, en fouillant dans les grimoires anciens, avait trouvé la formule pour le fabriquer. La faiblesse du talisman, c'est qu'il ne peut protéger qu'une personne à la fois. Quand Astaroth a envoyé ses démons investir l'armée qui attaqua la bibliothèque d'Alexandrie, Zénodote fut pris au piège. Le grand-duc conclut alors un de ces marchés dont il a le secret. La gemme en échange de la vie sauve de Twan. Comme Astaroth ne pouvait lui-même toucher l'objet, Zénodote, de par leur contrat, dut aller lui-même en Enfer cacher le talisman dans l'œil du serpent ailé, Ganga Gramma, le seul animal pouvant non seulement tolérer la présence de la pierre précieuse, mais aussi la protéger. Les dragons, par essence, sont des gardiens de trésors. Tant que personne n'invoquait le pouvoir de la pierre, le dragon prémunissait Astaroth contre son danger. Et comme seul un être pur pouvait activer le talisman, le grand-duc avait trouvé la cachette parfaite en Enfer.

— Qu'est-il advenu de Zénodote ? demanda Vincent.

— Je ne devrais peut-être pas vous le dire… répondit mystérieusement Jacob.

— Pourquoi ? questionna Charles, dont la curiosité était piquée à vif.

— Parce qu'Astaroth lui a bien sûr fait boire l'eau du Léthé, le fleuve de l'oubli, avant de le laisser se réincarner. La mémoire du chef bibliothécaire d'Alexandrie a été entièrement effacée.

— Oui, mais c'est pas comme si on le connaissait, dit Vincent. Tu peux nous dire qui il est, non ?

— Justement, vous le connaissez, déclara l'esprit du jeune handicapé.

— Hein ! Mais qui c'est ? s'exclama Miguel.

— Si je vous le dis, je ne veux pas que vous lui en parliez, ordonna Jacob. Pas tout de suite en tout cas. Ce serait trop brutal. Parce que je crois qu'il y a peut-être une chance de lui faire recouvrer sa mémoire ancienne. Promis ?

La bande des quatre était d'accord.

— Il s'agit de Greg, révéla Jacob.

— Et Twan ne le sait pas ? fut la première réaction de Charles.

— Disons que leur rencontre n'est peut-être pas le fruit du hasard, se contenta de dire leur ami.

— Je l'ai! cria soudainement Andréa qui s'évertuait depuis tantôt à trouver la bonne clé pour ouvrir la porte de la salle des livres rares.

Lorsqu'ils pénétrèrent dans la salle des livres anciens, aux allures de chambre de bois, trois sourires moqueurs les attendaient. Les yeux rouges des adolescents étaient fixés sur eux.

*Le navire de Zénodote était en train d'amarrer lorsque le jeune moine et ses deux amis arrivèrent au port. L'homme ne pouvait croire qu'il allait rencontrer le chef bibliothécaire d'Alexandrie, celui-là même qui avait été rendu célèbre pour son travail sur les œuvres du grand poète Homère. Il était le pionnier d'une nouvelle façon d'étudier les classiques grecs. Qu'est-ce qu'un apprenti philosophe comme lui trouverait à dire devant un tel maître de l'Antiquité? Voilà que sur le pont du bateau se présenta la silhouette de Zénodote. Le moine tibétain fit de grands gestes de la main pour se faire voir. De loin, il vit son mentor et ami lui rendre son salut.*

*— Ça me fait vraiment tout drôle de le revoir. Pensez, cela fait environ deux mille ans que je lui ai parlé. Mais pour lui, c'était comme s'il s'agissait d'hier. J'ai vécu tellement de choses depuis.*

*— Vas-tu lui raconter toute l'histoire? lui demanda la femme.*

*— Je ne sais pas. Je pense que je vais attendre que vous soyez partis avant de tout lui révéler. Ce serait peut-être plus sage. Et encore là, je ne sais pas si je vais trouver le courage ni même s'il parviendra à prêter foi à mes dires. C'est tellement incroyable.*

*Zénodote débarquait du bateau et marchait à la rencontre du trio. L'homme et la femme étaient impressionnés par la stature du personnage. Ils avaient tout près d'eux celui qui avait sacrifié sa vie pour sauver celle d'un ami. Un geste dont la noblesse ne se voyait plus tellement de nos jours. Par son sacrifice, Zénodote avait aidé à protéger le secret des Dzoppas pendant des centaines d'années. Arrivé à leur hauteur, le chef bibliothécaire posa un regard intrigué sur les deux individus qui accompagnaient son ami le moine, surtout sur l'homme.*

*— Zénodote, j'aimerais te présenter mes amis. Ce sont, euh… de grands voyageurs.*

*— Je sais qui ils sont, Twan, répondit-il. C'était écrit.*

## 20

# Le sacrifice

Assis sur le dessus d'une table de travail, les jambes ballottant dans le vide, les trois démons paraissaient fiers de leur effet. La surprise fut encore plus forte lorsque le plus grand d'entre eux ramena ses mains qu'il avait dans son dos en dévoilant le rat.

— C'est ça que vous cherchiez ? dit-il avec un sourire sardonique.

— De nos jours, les édifices publics sont vraiment mal entretenus, ajouta son comparse à sa droite.

— Oui, on y trouve même de la vermine, appuya le troisième, à gauche de leur chef.

— La bonne main-d'œuvre se fait si rare, c'est d'un triste, répliqua leur meneur.

— Ça me fend le cœur, pas vous ? demanda celui à sa gauche.

— Oh oui… répondit leur chef, narquois. C'est pourquoi, mes amis, je nous propose pour effectuer le travail. C'est un sale boulot, mais quelqu'un doit le faire, n'est-ce pas ?

Sur ces mots, le démon se leva, serrant Twan dans sa main. Il passa l'autre main autour de la tête de l'animal avec l'intention de lui briser le cou. Jacob s'avança.

— Cessez votre mascarade ! dit-il avec force.

— Tiens, tiens, si ce n'est pas notre cher Ambrosius. Désolé, je ne t'avais pas vu, sinon je t'aurais bien sûr salué, dit le leader des adolescents, plein de fausse cérémonie.

— Vous savez très bien que vous n'oserez pas tuer Twan tant qu'il ne vous aura pas révélé l'emplacement du secret des Dzoppas, répliqua Jacob.

— Qu'est-ce qui te dit que ce n'est pas déjà fait ? susurra le démon.

Le doute s'empara de la bande des quatre. Était-ce ainsi que leur aventure allait se terminer ?

— Je ne crois pas, non, dit Jacob. Sinon, vous ne seriez déjà plus ici, mais à la recherche du disque secret.

— Tu oublies une chose, mon cher Ambrosius, répondit le démon. Bien que ce ne soit pas toujours évident, il existe toute une confrérie parmi les gens de mon espèce. Loin de moi l'idée de vouloir m'arroger le succès de cette entreprise. Bref, nous sommes nombreux sur ce dossier. Et tes amis ont commis une imprudence en laissant filer Astaroth.

Jacob ne voulait pas croire ce qu'il entendait. Il devait sûrement s'agir d'un bluff. S'ils n'avaient pas encore tué Twan, il fallait que ce soit parce que ce dernier ne leur avait pas encore donné l'information qu'ils désiraient. Par contre, pour avoir eu affaire à eux à maintes reprises par le passé, Jacob connaissait l'esprit retors des trois démons. Ils pouvaient aussi très bien simplement avoir envie de s'amuser avec leur victime après coup, comme des gamins arrachant les pattes d'une mouche.

— Si Astaroth tire encore les ficelles, eh bien, qu'il se montre s'il en a le courage, répliqua Jacob avec autorité.

— N'aie crainte, il le fera, le moment venu, répondit le meneur du trio, en souriant.

Pendant ce temps, les jeunes aventuriers assistaient à la discussion en se disant qu'il leur fallait intervenir, d'une manière ou d'une autre. Sur les dents, prêts à bondir, ils échangèrent un bref regard. Andréa sortit sa fronde sans se faire remarquer et visa le chef des adolescents. Sa bille d'acier atteignit sa cible en plein front. L'effet désiré fut immédiat. Sous la douleur subite, le démon relâcha son étreinte et Twan tomba par terre. Ne demandant pas son reste, l'animal s'enfuit à toutes jambes, disparaissant aussitôt de leur vue.

— Cette fois, ça suffit ! C'en est trop, fulmina le leader du trio démoniaque. Emparez-vous d'eux ! ordonna-t-il à ses sbires.

La porte de la salle se referma en un coup de vent, bloquant la seule issue. Les trois démons se déployèrent autour des jeunes comme des hyènes rieuses attaquant leur proie. Jacob savait qu'il ne pourrait pas cette fois attirer les esprits maléfiques vers l'extérieur de la bibliothèque. D'ailleurs, ils ne faisaient pas du tout attention à lui. Leur centre d'intérêt était les trois intrépides, puisqu'ils ne voyaient pas Charles qui bénéficiait de la protection du collier. Jacob aurait pu en profiter pour partir seul à la recherche de Twan, mais il ne pouvait se résoudre à laisser ses amis. De son côté, Charles avait posé les mains sur son pendentif. Il hésitait à en invoquer le pouvoir. Jacob lui avait bien dit que le talisman avait une faiblesse, celle de ne protéger qu'une seule personne à la fois. Ses camarades ne seraient pas plus avancés. La menace des adolescents pèserait toujours sur eux. Qui sait ce que des démons en colère pouvaient accomplir ? Charles non plus n'entrevoyait pas la possibilité d'abandonner ses copains. En fait, une seule option s'offrait à lui. Pour le bien du groupe, le jeune garçon devait se sacrifier. Lui seul, grâce au collier, avait la capacité de résister aux assauts du trio infernal. Il lui fallait non seulement se défendre, mais aussi engager le combat. Autant pour les surprendre que pour permettre à ses amis, une fois toute l'attention sur lui, de retrouver Twan s'il n'était pas trop tard. Et si jamais Charles succombait aux charges, mais que sa bande réussissait ? Le garçon considérait que ce serait le prix à payer pour empêcher la catastrophe de voir des hordes de légions de l'Enfer s'emparer du secret des Dzoppas et détruire la vie sur Terre. Jacob avait suivi le raisonnement du jeune héros. C'était peut-être logique, voire héroïque, mais tout à fait inacceptable à ses yeux. Jamais il ne laisserait l'un de ses protégés subir pareil sort. Il s'agissait de sa mission, c'était lui le responsable. S'il y en avait un qui devait payer de sa vie, ce devait être lui.

— Non, Charles ! Ne fait pas ça ! implora Jacob.

— Je n'ai pas le choix, murmura le jeune garçon, résigné.

— Tu tomberais dans leur piège ! C'est en plein ce qu'ils espèrent, vous diviser, pour ensuite vous avoir un à un.

— Ne t'en fais pas pour nous, Charles, on saura très bien se défendre, dit Vincent qui sentait en lui le pouvoir de sa force plus que jamais devant l'imminence du danger.

— C'est vrai, ça, ajouta Miguel. J'aimerais bien les voir essayer de m'attraper, dit-il en sautant sur le mur et en grimpant aussitôt jusqu'au plafond.

— Tous ensemble, on peut y arriver, dit Andréa qui tenait sa fronde avec confiance, prête à tirer.

Le trio démoniaque souriait à l'écoute des propos des jeunes amis, ne paraissant nullement impressionné. Lentement, sûrs de leur coup, les trois adolescents aux yeux rouges avançaient, se rapprochant de leurs victimes, leur coupant toute issue. Un premier démon vola jusqu'à Miguel suspendu au plafond. Un autre s'astiquait le poing en fixant son regard dans celui de Vincent. Leur chef se transforma alors en boule de feu à quelques pas d'Andréa qui voyait soudain sa fronde bien inutile face à une telle cible. Charles se dit qu'il lui fallait réagir dès maintenant, sans attendre, avant qu'il ne soit trop tard. Il allait invoquer le pouvoir du collier lorsque Jacob vint à ses côtés.

— N'oublie pas ce qui fait votre force, lui intima-t-il.

Tous ensemble, avait dit Andréa. D'une certaine façon, elle avait raison. Attaquer chacun de son côté n'était pas la solution. Le collier ne pouvait en protéger qu'un seul. Alors, il leur fallait ne former plus qu'un. Les amis de Charles comprirent aussitôt son plan. Quittant rapidement chacun leur position, sous le regard amusé des esprits maléfiques, ils vinrent retrouver Charles. Ce dernier retira le collier de son cou et le plaça au centre du groupe. Les démons allaient, malheureusement pour eux, saisir trop tard les intentions de la bande, trop remplis de confiance arrogante. Les jeunes posèrent chacun leurs mains sur le pendentif en fermant les yeux. Jacob les avait choisis parce qu'une profonde amitié les unissait. C'était maintenant l'occasion de matérialiser cette idée. Comme lors de la cérémonie dans la chambre de Jacob, ensemble ils songèrent à la lumière blanche. Leurs pensées ne formèrent plus qu'une. La pierre précieuse du collier s'illumina et, sous l'effet de communion des jeunes, sa puissance décupla. Tel un geyser, des dizaines de formes blanches en jaillirent. Les quatre amis ouvrirent alors les yeux et virent une pluie d'étoiles filantes emplir toute la salle. Sous l'assaut de ces boules de lumière, les deux démons imitèrent leur chef et s'enflammèrent de façon à riposter à l'attaque. Les premières sphères lumineuses à toucher le trio de feu brûlèrent à son contact. Mais bientôt, elles furent trop nombreuses pour que les créatures infernales puissent encore leur résister. Les trois démons furent entourés, faits prisonniers, puis attirés vers le collier. Ils avaient beau se débattre, pousser des cris horrifiants, le mouvement qui les entraînait vers la pierre précieuse était inéluctable. Tel un typhon, les boules de lumière emportèrent avec eux dans un grand tourbillon lumineux les trois esprits démoniaques qui hurlaient de rage pour ensuite disparaître tout entiers au creux de la pierre précieuse. L'impact du cyclone de lumière fut si puissant qu'il força les quatre jeunes à reculer. N'ayant pas desserré leurs mains du collier, celui-ci se rompit sous la trop forte tension, et ils tombèrent tous à la renverse. Sous le choc de la chute, la gemme se trouva expulsée du pendentif.

— On a réussi ! exulta Vincent.

— Oui, mais on a brisé le collier, dit Charles en regardant les morceaux épars au sol.

— Ça n'a plus d'importance, les démons ont disparu, sourit Miguel.

— Lequel de vos philosophes de pacotille a dit : « Vous avez peut-être gagné une bataille, mais pas la guerre » ? questionna Astaroth en faisant son entrée par la porte de la salle en chevauchant son serpent ailé.

## 21

# Le sang de la malédiction

— Votre ami a effectivement raison. Sans le collier, vous n'avez plus rien qui puisse vous rendre invisible, reprit le grand-duc de l'Enfer.

— Peu importe, dit Jacob. Tu as déjà perdu, Astaroth.

— Ah bon ? fit-il, narquois. Sur quoi te bases-tu pour oser prétendre cela ?

— Tu ne serais pas ici en pure bravade si tu avais récupéré le secret des Dzoppas. La vérité, c'est que Twan t'a échappé, et grâce au talisman, nous allons le délivrer de sa malédiction. Libre à toi de t'acharner sur nous, cela ne changera rien à ta défaite, déclara Jacob.

— En es-tu bien certain, cher Ambrosius ?... Ton passage en Enfer me paraît avoir laissé des traces sur ton ego. J'ai quelque chose à te montrer... Peut-être te pavaneras-tu moins ensuite ?

Jacob et ses jeunes amis ne l'avaient pas remarquée. La vipère que tenait habituellement Astaroth dans sa main s'était allongée. Le démon tira dessus et au bout, telle une laisse, apparut un loup-garou grimaçant avec le reptile enroulé autour de son cou.

— Twan ! s'exclama Andréa.

— Pas tout à fait, répliqua le démon. Les esprits de mes sorciers sont toujours dans son corps. Il ne se possède plus, si je puis dire, dit-il en souriant.

— Et tu penses nous impressionner ? s'esclaffa Jacob dont l'attitude triomphale étonnait ses camarades. Tu sais très bien que tes sorciers ne pourront demeurer encore bien longtemps à l'intérieur de Twan.

— C'est vrai, admit Astaroth. Par contre, je me demande bien combien de ravages parmi vous ils pourront réaliser pendant leur bref séjour ?…

Sur ces mots, le grand-duc libéra le loup-garou de sa laisse en forme de vipère. La bête poussa un hurlement à faire glacer le sang. Toutes griffes dehors, l'écume à la gueule, le monstre se préparait à bondir, son regard vidé de toute humanité passait de l'un à l'autre des quatre amis. Lequel d'entre eux serait sa première victime ? Courageuse, Andréa se munit de sa fronde. Cela avait déjà déboussolé l'homme-animal une fois, se dit-elle. Sauf que cette fois, il ne s'agissait plus vraiment de Twan, d'un homme prisonnier dans un corps de bête, mais des trois sorciers assassins contrôlant sa volonté. Le geste d'Andréa eut tôt fait d'attirer l'attention du loup-garou possédé. Pressentant ce qui risquait d'arriver, ses trois amis vinrent aussitôt se poster autour de la jeune fille.

— C'est pas gentil de vouloir s'en prendre à une fille, dit Vincent. Tu seras peut-être moins brave devant nous quatre, dit-il en bombant le torse de défi. Allez, viens, sale bête…

Les insultes et menaces ne paraissaient pas du tout apeurer le monstre poilu. Au contraire, il eut un rictus qui dévoila ses dents tranchantes et se mit à gronder.

— C'était peut-être pas une bonne idée de le provoquer, s'inquiéta Miguel.

La brute rugit et fonça sur la bande des quatre.

— La pierre ! Il faut récupérer le talisman ! cria Jacob dans leur tête.

Encore quelques enjambées et le loup-garou serait sur eux. Vincent regarda Charles rapidement.

— Vas-y, je vais te couvrir, dit-il en s'avançant déjà au-devant de la créature.

Charles ne doutait pas de la vigueur de son camarade, mais combien de temps pourrait-il tenir face à un adversaire aussi féroce ? Il n'y avait pas une seconde à perdre. Alors que l'animal allait s'emparer de lui, Charles roula sur le côté, se releva prestement et courut jusqu'à la pierre restée par terre au centre de la grande salle. Comme si un camion l'avait frappé de plein fouet, Vincent encaissa la charge de la bête en furie en ne reculant que de quelques pas sous l'impact. Sans prendre le temps de vérifier s'il était blessé ou non, le jeune Hercule agrippa les bras du loup-garou qui tentait déjà de le découper en morceaux au moyen de ses puissantes griffes acérées. Les deux luttèrent intensément un moment, rivalisant de force. Ses bras ainsi entravés, la bête changea de tactique et essaya de s'approcher suffisamment du cou de Vincent pour le mordre à la jugulaire. Devant un tel spectacle, Astaroth jubilait à cheval sur son serpent ailé. Quand le grand-duc vit que Charles allait ramasser le talisman, il s'élança vers lui sur sa monture avec l'intention de lui envoyer un jet de flammes de son dragon. Voyant cela, l'esprit de Jacob fonça sur le démon et se mit à tournoyer à toute vitesse autour de la tête du dragon, l'étourdissant. L'animal se braqua, Astaroth tenta de le maîtriser. Ce fut suffisant pour permettre à Charles de se saisir de la pierre magique. Astaroth n'avait pas dit son dernier mot. Il lança sa vipère en direction du garçon. Son venin était mortel, et si le reptile infernal réussissait à planter les deux longs crochets de sa mâchoire supérieure dans la jambe de Charles, c'en serait fait de lui. Andréa arma sa fronde et visa le serpent. Elle aurait voulu atteindre le crâne pour l'assommer, mais au lieu de cela sa bille d'acier toucha le corps ondulant de la vipère, juste assez pour la faire dévier de sa trajectoire. Charles fit un clin d'œil à sa copine pour la remercier et elle secoua la tête en se demandant comment son ami trouvait le moyen de sourire en pareille situation. Miguel qui s'y connaissait en capture de reptile fondit sur la vipère et l'attrapa, maintenant son pouce bien enfoncé derrière la tête du serpent, de façon à restreindre ses mouvements et empêcher ses mâchoires de se refermer sur lui. Puis, il projeta la vipère loin au fond de la salle, sur le mur, ce qui parut l'assommer. Vincent n'allait pas tenir encore bien longtemps. Il sentait son pouvoir s'estomper et les crocs du loup-garou se rapprochaient dangereusement de son cou. Charles arriva à sa hauteur et, derrière son copain, il s'adressa à la créature :

— Twan ! Si vous m'entendez, j'ai le talisman. Twan !

Le garçon, par ses appels répétés, espérait que l'homme prisonnier dans l'animal parviendrait à dompter la furie qui le possédait. Un éclair dans les yeux du monstre lui fit croire un instant que Twan l'avait compris. Ce fut peine perdue, la lueur d'humanité s'évanouit aussitôt. La fureur reprit le dessus. Dans un mouvement inattendu, le loup-garou relâcha l'étreinte qu'il avait sur Vincent et bondit sur Charles. N'ayant pas vu venir le coup, Charles ne put parer l'attaque. Il tomba à la renverse, échappa la pierre précieuse alors que la gueule grande ouverte de son assaillant se frayait un chemin jusqu'à son cou, puis le mordit. La bête s'abreuva goulûment du sang qui s'écoulait de la plaie. De rage et de colère, les trois amis du garçon se ruèrent sur le loup-garou. Étrangement, celui-ci n'opposa aucune résistance, et pour cause : il était en train de se métamorphoser. Peu à peu, ses griffes se rétractèrent, ses poils diminuèrent, ses dents reprirent leur taille, ses traits redevinrent humains. Puis, sa bouche s'entrouvrit, laissant s'évacuer une fumée noire. Les esprits des sorciers quittaient leur réceptacle pour se voir aussitôt aspirer par Astaroth. Jacob cessa de tournoyer autour de la monture du démon et intima à ses jeunes amis l'ordre de ramasser le talisman qui gisait à côté de Charles. Malgré leur désarroi devant le corps inanimé de leur camarade, ils savaient que c'était la chose à faire s'ils voulaient se protéger du démon.

— Eh bien, on dirait que vous avez gagné cette bataille, mais vous avez subi une lourde perte, lança le grand-duc. La morsure d'un loup-garou est, comment dirais-je… contagieuse ! Un de moins, Ambrosius !

Sur ces mots, lourds de conséquences, l'infâme être infernal disparut.

T'wan revint lentement à lui. Il ouvrit les yeux.

— Qu'est-ce qui est arrivé ? demanda-t-il, hagard.

Quand il vit la morsure au cou du jeune garçon, il fut frappé de stupeur.

— Non… Ne me dites pas… Ne me dites pas que c'est moi qui ai fait ça ?

Les copains de Charles savaient qu'ils ne pouvaient en vouloir au bibliothécaire d'Alexandrie, mais cela ne parvenait pas à effacer leur peine. À quoi bon sauver le monde si c'est pour perdre son meilleur ami ? se dirent-ils. Andréa se pencha sur le corps.

— Il n'est pas mort ! cria-t-elle, en constatant qu'il respirait encore.

Tous entourèrent alors le garçon. La plaie avait cessé de saigner abondamment, mais un filet de sang s'en écoulait encore. Miguel enleva son chandail de coton et l'appliqua sur la blessure.

— Il faut appeler une ambulance ! dit-il.

Vincent sortit de la salle en courant pour trouver un téléphone. Il pensa à Greg et à Claire, qui surveillaient les agents de sécurité au rez-de-chaussée, et s'en alla les rejoindre.

— Est-ce qu'il va s'en sortir ? demanda Andréa à Jacob.

— Même s'il a perdu beaucoup de sang, je crois qu'on va réussir à le réchapper, répondit-il.

— Et ce qu'Astaroth a mentionné ? dit Miguel. Est-ce que Charles va devenir lui aussi un loup-garou ?

— Je ne sais pas… ne put que se contenter de dire Jacob.

— Tout ça est de ma faute ! s'exclama piteusement Twan.

Le concierge et la jeune bibliothécaire accoururent alors auprès du groupe avec Vincent.

— Qu'est-ce qui s'est passé ? demanda Greg, catastrophé devant la vision du garçon ensanglanté.

Claire se pencha sur Charles et prit son poignet.

— Son pouls est faible, dit-elle.

## 22

# Voyage dans l'autre monde

— L'ambulance devrait arriver bientôt, dit Claire.

Elle souleva délicatement le chandail de Miguel qui faisait office de pansement.

— C'est profond... On dirait une morsure. Qui a pu faire ça ? s'étonna-t-elle.

Contrit, Twan s'avança.

— C'est moi.

— Toi ? Mais comment ? Un rat ne peut infliger pareille blessure avec ses petites dents, dit Greg.

— Non, mais un loup-garou, oui, déclara Twan, penaud.

— Un loup-garou ! s'exclamèrent Claire et Greg, abasourdis.

Pendant qu'ils attendaient ensemble les secours, Twan raconta son histoire de double malédiction à la jeune bibliothécaire et au concierge, des débuts du mauvais sort qui s'acharnait sur lui depuis Alexandrie jusqu'à ce jour.

— Mais pourquoi ? demanda Greg à la fin du récit.

— Parce que je suis le dernier détenteur d'un secret, répondit le bibliothécaire d'Alexandrie.

— Quel secret? interrogea Claire. Si ce n'est pas trop indiscret.

— Je ne vous rendrais pas service en vous le dévoilant. Vous voyez ce qui arrive à ceux qui savent, dit-il en montrant Charles.

— Le secret des Dzoppas, c'est ça? lança Greg, à brûle-pourpoint.

— Comment sais-tu? répliqua Twan, effaré.

— Je ne sais pas, ça... ça m'est venu comme ça, répondit le concierge. Je dois avoir lu ça quelque part, je suppose.

Jacob s'amena alors auprès d'eux. Il savait bien que Greg ne pouvait avoir pris connaissance de l'existence du secret des Dzoppas dans aucun livre, aussi vieux soit-il. Non, il n'y avait qu'une seule façon qu'il puisse être au courant. Il se souvenait. Sa mémoire ancienne refaisait surface en présence de son vieil ami.

— Twan, te souviens-tu de ce qu'il est advenu de Zénodote?

— Il est mort durant l'attaque de la bibliothèque d'Alexandrie par les armées investies des démons.

— C'est vrai. Mais ce que tu ignores, c'est que Zénodote t'a sauvé la vie en se sacrifiant.

— Comment ça? s'étonna Twan, fort intrigué.

— Il a conclu un pacte avec Astaroth en personne. En échange du talisman, le grand-duc promettait de te laisser la vie sauve.

— Il a fait ça? Mais pourquoi? C'était de la folie!

— Zénodote ne pouvait savoir... Le plan d'Astaroth était évidemment diabolique. Le maître bibliothécaire a dû lui-même aller en Enfer apporter la pierre. Ensuite, ce brillant esprit retors l'a fait boire au fleuve de l'oubli. Comme ça, personne ne saurait où le talisman était caché.

— Et toi, comment le savais-tu alors ? demanda Greg.

— Parce que j'ai lu dans tes souvenirs... répondit Jacob.

— Non... tu veux dire que Greg serait... ? balbutia Twan.

— Astaroth ne pouvait conserver l'âme de Zénodote éternellement en Enfer. Bien sûr, il n'était pas parfait, mais il ne méritait pas d'être damné non plus, pas après ce qu'il avait fait pour toi. Jour pour jour après la date de sa mort, lors d'une année binaire, Zénodote est revenu au monde. Tel était le pacte. À quelle date Zénodote est-il disparu ?

— 6 mai 143 avant l'ère chrétienne, répondit Twan.

— Le jour de mon anniversaire, dit Greg, médusé. Mais, qu'est-ce que tu veux dire par une année binaire ?

— Le 6 du cinquième mois de l'année 1979, n'est-ce pas ? dit Jacob. Si on additionne les chiffres, les deux dates donnent dix, un et zéro, soit des années binaires. Le bien et le mal.

Une sonnette retentit au rez-de-chaussée. Les ambulanciers étaient arrivés. Claire détala pour aller leur ouvrir.

— Twan, je crois que tu ferais mieux d'aller te cacher avant que les ambulanciers n'arrivent, dit Jacob. S'ils te découvrent avec tout ce sang sur toi...

Greg accompagna Twan dans son bureau. Ils auraient chacun l'occasion d'essayer de se rappeler le temps d'Alexandrie. Charles se mit à grommeler dans son état à demi conscient. Aucun de ses camarades ne comprenait ce qu'il disait. Andréa toucha le front de son ami et constata qu'il était brûlant. La fièvre s'était emparée de lui. Une réaction normale du corps qui lutte contre une présence étrangère. Dans ce cas, il s'agissait des micro-organismes du loup-garou. Les copains de Charles étaient inquiets.

— Je ne peux pas rester ici non plus, dit Jacob. Je retourne dans mon corps et on se retrouve plus tard à l'hôpital. Quand Charles sera sur pied, on donnera le talisman à Twan. Il ne voudra sûrement pas rater ça. Ça va bien aller, ne vous en faites pas.

L'esprit de Jacob s'estompa sous leurs yeux et disparut. Andréa prit le talisman et les restes du collier et les déposa sur le ventre de Charles, espérant que ces objets l'aideraient ou le protégeraient. Vincent et Miguel s'assirent par terre avec Andréa auprès de leur ami, le veillant en attendant les secours qui tardaient à arriver. Ils auraient voulu aller voir ce qui se passait, mais ils ne pouvaient se résoudre à quitter leur copain en détresse. Au rez-de-chaussée, Claire était aux prises avec les gardiens de sécurité maintenant réveillés qui gueulaient aux ambulanciers d'appeler la police. La bibliothécaire avait beau leur expliquer qu'un jeune garçon nécessitait des soins rapidement, que tout cela n'était qu'un malentendu, Maurice et Fernand paraissaient très convaincants dans leur rôle de victimes ainsi ficelées. Pendant que la jeune femme essayait de démêler rapidement cet imbroglio, la bande assistait impuissante à la souffrance de Charles. Si seulement l'un d'eux possédait le don de lire dans les pensées comme leur ami, ils auraient pu être témoins de l'étrange voyage auquel leur grand copain avait été convié. Charles n'était plus dans son corps. Il avait vu ses amis s'inquiéter pour lui alors que son esprit était attiré comme un aimant loin de la bibliothèque. Le jeune garçon ne put résister à cette attraction qui le conduisit aux abords du Stade olympique. De là, sur la place des drapeaux, au coin des rues Pie-IX et Sherbrooke, une ouverture se créa à la base d'un des mâts. Une porte s'ouvrit et il fut entraîné dans les catacombes du stade. Franchissant nombre de salles contenant des objets hétéroclites empilés de façon éparse, son esprit atteignit le dernier sous-sol. Face à un mur, croyant être dans un cul-de-sac, Charles vit alors la grille d'une bouche d'aération reposant au sol, laissant un trou béant à côté. L'esprit du garçon s'y engouffra. La noirceur était totale et le tunnel paraissait sans fin. Charles aurait bien aimé compter sur son amie Andréa et son don de vision nocturne. Après un moment sans qu'il puisse distinguer leur origine, il sentit des courants d'air provenant probablement d'embranchements du tunnel. Lequel prendre ? Une voix se fit entendre. « *Par ici.* » Devait-il lui faire confiance ? Il n'avait pas vraiment le choix. Prenant celui de droite, plus il progressait, plus il avait l'impression d'entendre des échos de bruits urbains au lointain qui se rapprochaient à mesure qu'il avançait. Qu'allait-il découvrir ? Une lumière pointait au bout du corridor. Lentement, rempli d'appréhension, Charles jeta un regard au-delà de l'embouchure. Est-ce qu'il rêvait ? Ce n'était pas possible ! Devant lui s'étalait une ville. Pas n'importe laquelle, la sienne. Il reconnaissait le Stade olympique qui dominait le paysage. Le garçon avait déjà entendu parler de ces gens qui revenaient de la mort et parlaient de long tunnel, de halo de lumière au bout, mais personne n'avait jamais raconté ce qu'il y avait au-delà. Était-il mort ? Est-ce que la vie après le trépas, ce n'était que ça ? La même chose ? Où étaient les anges ? Rien de tout ça ne l'attendait. Toujours aussi curieux, le jeune intrépide entreprit d'aller voir de plus près. Son esprit descendit au niveau de la rue. Quand il croisa des gens sur un trottoir, Charles fut pris de panique. Qui étaient ces personnes ? Sans même faire attention à lui, les badauds continuèrent leur chemin. Une question vint à son esprit : l'avaient-ils simplement vu ? À leur attitude, il aurait juré que non. Rencontrant un autre groupe un peu plus loin, Charles tenta une expérience. Il se plaça carrément sur leur route. Non seulement ils ne le remarquèrent pas, mais ils passèrent à travers lui ! Il ne s'agissait donc pas d'esprits comme lui, mais bien d'individus faits de chair et d'os. Et cette ville, en tous points ou presque semblable à la sienne. Décontenancé était un mot faible pour décrire l'état dans lequel se retrouvait le jeune aventurier. Puis lui vint l'idée d'aller chez lui. Enfin, si cet endroit était analogue au lieu où il vivait, le garçon supposa qu'il y retrouverait aussi son domicile. Voyageant à la vitesse de la pensée, il arriva bientôt devant sa demeure. Il resta un moment sur le trottoir, espérant apercevoir par l'une des fenêtres sa mère ou son père, si la chose était possible. Ne percevant aucun mouvement derrière les vitres, il décida d'aller sonner à la porte. Anxieux, il attendit qu'on vienne lui répondre. Il entendit plutôt une voix. « *Entre, c'est ouvert.* » Il y avait donc quelqu'un ! Charles connaissait cette voix féminine, mais ce n'était pas celle de sa mère. Était-ce un piège ? Devait-il rebrousser chemin ? Au point où il en était, le jeune garçon voulait savoir qui se cachait derrière cette porte. Celle-ci s'ouvrit d'elle-même. Ce n'était rien pour le rassurer. Le sentiment de pénétrer dans une maison hantée le tenaillait. Il s'attendait à tout moment à voir surgir une quelconque apparition. Il fit quelques pas, franchissant le portique. Charles eut alors une de ces frousses ! Devant lui se trouvait sa propre image. Il se rassura bien vite. Ici aussi, un miroir trônait dans le passage. « *Je suis dans la cuisine.* » De sa position, il la voyait. Au bout du corridor débouchant sur la cuisine, une femme était assise à la table. « Viens. » Elle lui souriait.

— Où suis-je ? fut sa première question.

— Chez moi, répondit la femme.

— Mais... c'est comme chez moi !

— Oui, c'est l'autre monde dont je t'ai parlé.

— Est-ce que je suis... ?

— Mort ? Non. Et moi non plus.

— Pourquoi suis-je ici ?

— C'est moi qui t'ai appelé. Tu avais besoin d'aide. Tes amis ont déposé le collier et le talisman sur ton ventre. C'est pourquoi j'ai pu entrer en communication avec toi, comme plus tôt en Enfer. Tes amis sont inquiets. Ils craignent que tu te transformes toi aussi en animal.

— Twan m'a mordu, c'est vrai, se rappela le garçon. Est-ce que c'est ce qui va m'arriver ?

— Je t'ai fait venir pour cette raison. Tu aurais pu errer et te perdre. Croire que tout était fini pour toi, alors qu'il n'en est rien. Il y a une chose que tu dois savoir : le Mal ne peut agir que sur le Mal.

— Qu'est-ce que ça veut dire ?

— Tu es un esprit pur, Charles. Souviens-toi. Ne laisse pas la peur ou la vengeance te dominer.

Du sous-sol, on entendit une porte s'ouvrir puis claquer.

— Salut, c'est moi ! cria une voix de garçon. Je me change et je m'en vais jouer dehors.

— Vite, il faut que tu t'en ailles, pressa la femme.

— Qui c'est? demanda Charles, se doutant de la réponse.

— Vous ne devez pas vous rencontrer! Allez, fais vite, dit-elle. Et souviens-toi de ce que je t'ai dit. Sors par derrière et ne cherche pas à le voir, compris? Écoute ta mère pour une fois.

— On se reverra? dit Charles sur le pas de la porte.

— Allez, file!

Aussitôt qu'il eut franchi la porte, l'esprit de Charles, tel un élastique qui se détendait, regagna son corps en un éclair. Il ouvrit alors les yeux. Au-dessus de lui, le jeune garçon vit le regard plein d'inquiétude de ses trois amis.

— Les ambulanciers arrivent, Charles. Ils vont prendre soin de toi, lui dit Andréa.

Leur copain voulut alors ouvrir la bouche, mais Miguel le coupa.

— Économise tes forces. On aura tout le temps pour discuter une fois que tu seras tiré d'affaire.

Charles communiqua alors avec leur esprit et leur répéta ce que la femme qui se prétendait être sa mère lui avait dit. « Le Mal ne peut agir que sur le Mal », furent ses dernières paroles avant qu'il ne retombe inconscient.

# 23

# Alexandrie

À l'hôpital, dans une petite salle d'observation, entouré de ses amis, Charles récupérait. À son arrivée, on lui avait fait une piqûre contre la rage. Ensuite, après avoir nettoyé la région affectée, on lui avait fait un pansement et appliqué une crème médicamentée. Dans quelques jours, Charles devra revenir pour vérifier l'état de la plaie, ensuite on procéderait à des points de suture si la blessure demeurait saine et non infectée. Le médecin s'était bien demandé quelle sorte de chien avait pu laisser de telles traces de morsures, selon le récit des camarades du garçon. Bien qu'il ait perdu beaucoup de sang, une transfusion ne fut pas nécessaire. Charles raconta à ses amis le songe qu'il avait fait alors qu'il était inconscient, son périple dans cet autre monde.

— Ce n'était peut-être pas un rêve, lui dit Jacob.

— Tu ne vas quand même pas me dire qu'une telle cité existe ! répliqua Charles en se mettant sur ses coudes dans son lit.

— Notre univers est plus complexe qu'il n'y paraît. Tu as déjà entendu parler de mondes parallèles?

— Oui, dans les films de science-fiction, sourit Vincent.

— Un romancier a déjà décrit des voyages sur la Lune et au fond des mers, bien avant que ces événements se produisent ou que la technologie nécessaire existe. Ne sous-estimez pas le pouvoir divinatoire de l'imagination, répondit Jacob. L'un de vos grands savants a d'ailleurs déjà déclaré : « L'imagination est plus importante que le savoir. »

Sur l'entrefaite, le médecin passa la porte et vint signifier le congé de Charles. Il lui donna une prescription pour une crème antiseptique, et à la blague. Il lui dit de s'acheter une tortue s'il voulait un animal de compagnie moins dangereux. Soulagés que leur ami ne garde pas de séquelles de son aventure, les membres du groupe se préparaient à partir lorsque Greg, Twan et Claire arrivèrent.

— Désolée, on a été un peu retardés à cause des agents de sécurité, dit Claire.

— Qu'est-ce qui est arrivé? demanda Miguel.

— Fernand et Maurice criaient et rageaient tellement, j'ai bien eu peur qu'ils réussissent à convaincre les ambulanciers d'appeler la police. Finalement, j'ai dû être plus convaincante qu'eux, puisqu'ils leur ont donné une piqûre pour les calmer, dit-elle en souriant. Et on a attendu qu'une autre ambulance vienne les chercher.

— Mais ils vont sûrement faire un rapport à la police sur ce qui leur est arrivé, s'inquiéta Andréa.

— Disons que leurs divagations sur la présence de démons et d'un loup-garou ont grandement affecté leur crédibilité auprès des autorités, dit Greg. Les ambulanciers ont compris pourquoi on les avait « immobilisés », disons, pouffa-t-il.

— Pauvres eux… dit Charles qui avait bien de la difficulté à persuader ses amis de sa sincérité.

Sérieux, Jacob prit alors la parole. Les jeunes ne s'étonnaient plus de la voie de communication qu'empruntait régulièrement leur ami, mais le concierge et la bibliothécaire furent grandement surpris lorsqu'ils entendirent la voix du garçon dans leur tête.

— Mes amis, il ne nous reste plus qu'une dernière chose à accomplir. Andréa, tu as apporté le talisman?

— Oui, dit-elle.

— Maintenant, essayons de trouver un endroit tranquille pour procéder à la cérémonie de désenvoûtement.

— Je dois d'abord récupérer le secret des Dzoppas, dit Twan.

— C'est vrai, dit Jacob. Veux-tu qu'on t'accompagne?

— J'aimerais mieux, répondit-il. On ne sait jamais avec ces démons.

— Très bien, convint Jacob.

— Une chose m'inquiète cependant, fit Twan. Après que je serai libéré de ma malédiction, je redeviendrai mortel. Qu'adviendra-t-il du secret lorsqu'il sera temps pour moi de quitter ce monde? À qui pourrais-je confier le disque en toute confiance? Comment mon successeur pourra-t-il se protéger des attaques des démons?

— À ce sujet, j'ai peut-être une idée, intervint Charles.

À la fois fier et surpris de l'audace de son protégé, Jacob l'invita à leur faire part de sa suggestion.

— Est-ce que les démons peuvent voyager dans le temps ? demanda le garçon.

— Non, répondit Jacob. Tu te souviens de ce que je vous ai dit quand j'ai arrêté le temps pour vous apprendre à sortir de vos corps.

— C'est bien ce que je pensais. Et si, avec l'aide de la roue du temps des Nomaks, on renvoyait Twan à Alexandrie, avant sa malédiction ?

— Franchement, Charles, tu m'étonnes, déclara Jacob. Je n'y aurais jamais songé. Excellente idée ! Si Twan est d'accord, bien sûr ?

— Si c'est possible, ce serait merveilleux, répondit le gardien du secret des Dzoppas.

— Un instant, dit Greg à haute voix. Vous communiquez avec nous par la pensée, vous parlez de voyage dans le temps… Je suis complètement dépassé !

— Et moi donc ! ajouta Claire, désemparée.

— Allez d'abord récupérer le disque des Dzoppas, ensuite nous nous rejoindrons sur le mont Royal, devant la grosse pierre du terrain de jeu, à l'entrée du territoire des Nomaks. Pendant ce temps, j'irai en esprit voir le chef Naori et la grande prêtresse Kaïra afin qu'ils préparent la roue du temps. Mes amis, d'ici là, je compte sur vous pour répondre à toutes les questions de Greg et de Claire.

Le groupe quitta l'hôpital alors que Jacob partit de son côté. Twan mena les autres à sa cachette. Le disque de métal inconnu sur Terre se trouvait au fond de la poubelle métallique dans le bureau de Greg à la bibliothèque. Le concierge n'en revenait pas ! Pendant tout ce temps, le précieux objet était sous son nez et jamais il ne l'avait remarqué. Pourtant, il vidait sa poubelle régulièrement. Comment se faisait-il qu'il n'avait pas constaté sa présence avant ? Le dos du disque était exactement de la même couleur grise que la poubelle et sa taille correspondait parfaitement à son fond. Quand Twan le récupéra, il le retourna. Au centre, il y avait un cercle avec douze rayons qui ressemblait à un soleil, et à l'intérieur, une créature ayant apparence humaine, mais petite, entourée d'un groupe de quatre personnes de grandeurs légèrement variées. Puis dessous, en rangée, des personnages à larges têtes qui regardaient le centre du disque. Des formes rappelant un peu des toiles d'araignées, qui pourraient être des petites étoiles, les encerclaient. En spirale, jusqu'à la bordure du disque, partaient des doubles rainures. Une inspection plus minutieuse leur aurait permis de voir que la rainure était, en fait, une ligne continue faite d'inscriptions minuscules. L'objet était bien un « enregistrement ». Les caractères presque microscopiques étaient dans une langue jamais vue, sorte de hiéroglyphe inconnu.

— Je me suis dit que personne ne prêtait attention au fond de sa poubelle quand il en changeait le sac, dit Twan. Comme tu m'amenais souvent dans ton bureau, je pouvais garder un œil dessus. C'était également important que le disque soit entouré de métal, cela annulait son rayonnement électromagnétique, le rendant invisible aux démons qui le cherchaient. Aussi, sans trop savoir pourquoi, j'avais confiance en toi, Greg. Je comprends maintenant pourquoi… Zénodote, dit-il, complice.

La troupe se dirigea ensuite sur le mont Royal, là où les attendait Jacob, le talisman dans les mains. À sa demande, le groupe fit un cercle autour de Twan, à qui Jacob remit la gemme précieuse. Une fois de plus, ils invoquèrent la lumière blanche. La pierre s'illumina. Du corps de Twan, une ombre se détacha, tel un voile de fumée qui fut bientôt aspiré par le talisman. La malédiction de Twan était maintenant chose du passé et il était redevenu mortel. Il remercia Jacob et ses quatre amis, les prenant chacun dans ses bras.

— Vous avez été tous tellement courageux. Et vous aussi, Claire et Greg. Jamais je ne vous remercierai suffisamment.

Devant la grosse pierre du terrain de jeu, le jeune handicapé ouvrit son sac à dos et en sortit la clé de bronze sertie de pierreries, qui s'illuminèrent aussitôt devant l'entrée du territoire nomak.

— Nos amis Karok et Binko sont de l'autre côté du vortex minéral, Twan. Ils te guideront à la cité sacrée d'où tu emprunteras la roue du temps pour te rendre à la grande bibliothèque d'Alexandrie, dit Jacob.

Il approcha la clé de la pierre, et le vortex apparut. Alors que Twan s'apprêtait à faire ses adieux, Greg s'avança.

— Avant que tu nous quittes, mon cher Twan, dit-il, j'aurais une question en forme de requête à formuler, si vous me permettez. Cette fameuse roue du temps dont vous parlez, permet-elle de faire voyager plus d'une personne à la fois ?

— Greg, non ! s'exclama Claire. Tu ne veux tout de même pas partir à Alexandrie deux mille ans plus tôt ?

— Il n'y a pas grand-chose qui me retienne ici. Personne n'engage plus de philosophe de nos jours et je n'ai pas envie de jouer au concierge toute ma vie. Pour un chercheur tel que moi, la possibilité d'aller dans le passé est fantastique. Pouvoir étudier sur place les rouleaux de la bibliothèque d'Alexandrie, des ouvrages pour la plupart détruits à la suite de l'incendie, me plonger dans l'œuvre perdue d'Aristote, et peut-être même lui parler en personne, c'est… qu'est-ce que je pourrais demander de mieux ?

Claire se tourna alors vers Jacob.

— Cette roue du temps, est-ce qu'elle permet le voyage inverse ? Si quelqu'un s'aventure ainsi dans le passé, lui est-il possible d'en revenir ?

— Oui, bien sûr, répondit-il, mais la personne ne pourra demeurer longtemps là-bas.

— Combien de temps ? demanda-t-elle.

— Quelques jours, tout au plus. Il faut que les Nomaks gardent la roue active, et ils ne peuvent le faire sur une trop longue période.

— Alors, j'y vais avec toi ! dit-elle à Greg.

— Avec moi ? Mais pourquoi faire ? s'étonna-t-il.

— J'ai bien l'intention d'utiliser ces quelques jours pour te faire changer d'avis, lui dit la jeune femme en le regardant dans les yeux.

— Claire… je… Je ne sais pas quoi dire, répliqua Greg dont les joues s'empourpraient.

— Eh bien ! ne dis rien, dit-elle en souriant. Et à notre retour, je vais m'assurer que tu obtiennes le poste vacant de responsable des livres anciens. Avec le savoir que tu auras acquis à Alexandrie, même en quelques jours, tu imagines les trésors de connaissances que tu pourras faire partager à la communauté des lettres, quels nouveaux éclairages tu pourras apporter sur l'Antiquité…

Charles et ses amis observaient sans rien dire cet heureux dénouement. Les quatre jeunes aventuriers avaient non seulement délivré Twan de sa malédiction et empêché que le secret des Dzoppas tombe entre de mauvaises mains, ils avaient aussi contribué à créer quelque chose. Une nouvelle vie s'annonçait pour Claire et Greg, et tant de perspectives s'ouvraient à eux.

— Le vortex va bientôt se refermer, annonça Jacob.

— Les passagers sont priés de se présenter à la porte d'embarquement, rigola Vincent.

En se tenant par la main, Claire et Greg franchirent le vortex en compagnie de Twan, en route vers Alexandrie. Quelques secondes plus tard, le vortex se referma. Jacob remit la clé de bronze dans son sac. Charles posa alors la question que tous ses amis avaient en tête depuis le début ou presque :

— Jacob, maintenant tu pourrais peut-être nous en apprendre un peu plus sur le secret des Dzoppas ?

En se retournant vers son ami, Jacob sourit.

— Le monde n'est pas encore prêt à accueillir pareille révélation. Mais vous... vous le serez peut-être un jour.

# Table des matières

Cet ouvrage a été composé en Minion corps 12,5/14,3
et achevé d'imprimer en octobre 2006
sur les presses de Quebecor World L'Éclaireur / St-Romuald, Canada.